Reinhold Jordan
Säm und das Ende der Fragen

Der große weite Sternenhimmel. Die Unendlichkeit. Das All. Das Nichts. Die Zeit, das Leben und der Tod. Wir wissen nichts! Nichts über den wahren Grund unserer Existenz. Nichts darüber, was dieses verrückte Mysterium des Daseins wirklich ist. Doch alle Menschen rennen und machen und tun als wären sie auf der Flucht vor sich selbst. Säm nicht! Er ist vollauf damit beschäftigt, die Absurdität dieser rasend gewordenen Zivilisation zu ertragen und die existentiellen Fragen des Lebens zu ergründen. Doch wie und wodurch offenbaren sich die Antworten auf die letzten aller Fragen? Nur eines ist sicher: Anders als er erwartet und anders als er denkt! „Säm und das Ende der Fragen" – wie verrückt muss man werden, um den Wahnsinn der Welt zu verstehen!

Reinhold Jordan ist 1961 in Fulda geboren, studierte in den 80er Jahren im damaligen West-Berlin Literatur und Philosophie. Seit Anfang der 90er lebt er mit Unterbrechungen in der Rhön. Er arbeitete über 20 Jahre als freier Werbetexter und Journalist und veröffentlichte bisher zwei Poesiebände, Lichtjahre (2002) und Flussgesänge (2006). „Säm und das Ende der Fragen" ist sein erster Roman.

Reinhold Jordan

Säm und das Ende der Fragen

Roman

1. Auflage Dezember 2016
Copyright © 2016 Reinhold Jordan

Gesamtgestaltung: Ulrike Kuborn
Titel, Bilder und Zeichnungen
Aus der Serie: Verbindendes, 2016 von Ulrike Kuborn

Herstellung und Verlag:
BoD – Books on Demand, Norderstedt
Printed in Germany
ISBN 9783734777349

„Aber sagt, meine Brüder, was vermag noch das Kind,
das auch der Löwe nicht vermochte?
Was muss der raubende Löwe auch noch zum Kinde werden?

Unschuld ist das Kind und Vergessen,
ein Neubeginnen, ein Spiel, ein aus sich rollendes Rad,
eine erste Bewegung, ein heiliges Ja-sagen.

Ja, zum Spiele des Schaffens, meine Brüder, bedarf es eines
heiligen Ja-sagens: seinen Willen will nun der Geist,
seine Welt gewinnt sich der Weltverlorene."

Friedrich Nietzsche, Also sprach Zarathustra

KAPITEL EINS

„Und gesetzt selbst es nähme mich einer plötzlich ans Herz:
ich verginge von seinem stärkeren Dasein."
Rainer Maria Rilke, Duineser Elegien/ erste Elegie

Nachdem Säm mindestens zum siebenundzwanzigsten Male (Anna hatte mitgezählt) die Stellung seines Kopfes zu seinen Händen, auf die er ihn jetzt stützte, variiert und verändert hatte, endete er nun seinen schon bald zehn Minuten währenden Monolog (Anna hatte auf die Uhr geschaut) über den Geist der Kunst und Kultur im Allgemeinen, den des beginnenden 21. Jahrhunderts im Besonderen, und darüber, welche Konsequenzen zu ziehen wären in diesem Zeitalter des Untergangs und der Verwirrung. Ausführlich erläuterte er das Desaster, in dem er sich zu befinden meinte – „aber nicht nur ich, sondern eine ganze Generation!" – und die Konsequenzen, die es zu ziehen galt. „Dabei...", und er legte eine kurze Pause ein, die er mit einer ausladenden, fast großzügigen Geste seiner rechten Hand begleitete, („achtundzwanzig", zählte Anna), „ ...gibt es eigentlich gar nichts zu tun! Das ist ja der Wahnsinn! Verstehst Du?" Anna verstand nichts. Kein Wort. Sie hatte nicht zugehört. Oder genauer gesagt: Sie hatte weggehört. Schließlich kannte sie all das, kannte es aus 'zig Vorträgen, die Säm im Laufe ihres Zusammenseins gehalten hatte. Damals, als sie sich kennengelernt hatten, da war sie von seinen leidenschaftlich vorgetragenen Reden immer fasziniert gewesen, doch jetzt, jetzt ertrug sie es kaum noch. Säm sprach wie ein Ertrinkender, der um sich griff und nach Halt suchte. Den Untergang, den er beschwor und besang, würde wahrscheinlich zuallererst ihn selbst ereilen, so sah es Anna. Und wenn das geschah, wollte sie nicht dabei sein. Sie taugte nicht als Rettungsring. Und deshalb hörte sie nicht hin, wenn er sprach und folgte nicht seinen verschachtelten Gedankengängen. Sie versuchte einfach nur die Zeit zu überbrücken, ohne zu sehr in Säms Strudel zu geraten. Dabei beobachtete sie, wie sich sein Körper auf dem Stuhl hin und her wand, scheinbar einem unsichtbaren Sturm ausgeliefert, der ihn zu allen Seiten bog wie einen jungen Baum, wie er seinen Kopf abwechselnd in seine rechte und linke Hand legte, gerade so als wüsste er nicht, wohin mit ihm. Manchmal scheuchte er dabei etwas Unsichtbares aus seinem Gesichtskreis, als würden lästige Fliegen um ihn herumschwirren und ihn piesacken.

Gleichzeitig vollführten seine Beine unter dem Tisch einen absurden Tanz, als sei der Fußboden – ja die ganze Erde! – für ihn in unerreichbare Ferne gerückt. Nun schob Säm seinen Stuhl nach vorne, rieb sich mit den Händen Gesicht und Augen, als sei er nicht richtig wach (und würde es wohl auch nie werden!) und bestellte ein großes Glas Wasser, Anna einen Milchkaffee mit Sahne. Sie hatten sich in einem kleinen Café in einer Seitenstraße getroffen, abseits vom hektischen Trubel der Stadt. „Lass' uns lieber dahin gehen. Du weißt ja, dass ich Menschenaufläufe nicht so gut vertrage!"

Es war ihr egal gewesen, wo sie sich trafen. Sie hatte insgeheim gehofft, dass Säm sich vielleicht verändert hätte. Doch jetzt musste sie einsehen, dass dem nicht so war. Und Säm wusste, dass jetzt vielleicht seine letzte Chance war, sie von irgendetwas zu überzeugen. Davon, dass sie beide ja eigentlich und schicksalsmäßig zusammen gehörten. Anna sagte dazu nichts mehr. Sagte auch nicht, dass sie sich dies manchmal erwünscht und erhofft und, ja, sogar ausgemalt hatte in den letzten Monaten, aber jetzt nicht mehr daran glaubte. Es war vorbei.

Säm rückte seinen Stuhl zur Seite, beugte sich nach vorne, um seine Ellbogen auf den Tisch zu stellen und stützte seinen Kopf auf die Hände. Er fieberte. „Ich fahre nächste Woche nach Japan." Anna wollte es jetzt kurz machen, es zum Abschluss bringen. „Nach Japan? Was willst du in Japan?" Säm wusste, dass Anna immer irgendwo irgendwen kennen lernte, der wiederum irgendwo irgendwen kannte, und dass sie ihre Entscheidungen von Zufälligkeiten und scheinbaren Zeichen abhängig machte.

Doch ob sie nach Japan flog, nach Kiel fuhr oder nach Mesopotamien, das war jetzt völlig unerheblich. Sie würde weg sein. Für Säm nicht mehr erreichbar und nur darum ging es! Es war vorbei! „Außerdem habe ich wenig Zeit!", sagte sie. Säm würde sich kurzfassen müssen, jetzt ein für alle Mal die Karten auf den Tisch legen. Er fühlte, dass er am Ende war. „Und wenn ich dir sage, dass ich dich liebe...!" - „Dann, dann sage ich dir, das fällt dir einfach zu spät ein!", antwortete Anna. Aber eigentlich war es gar nicht mehr wichtig, was sie sagte. „Außerdem: Ich denke, Liebe ist nur eine Illusion!", schossen die Worte dann doch aus ihr heraus. Es war vorbei! Säm wollte und konnte es nicht wahrhaben. Das war alles. Er schluckte. Am liebsten wäre er verschwunden und hätte sich in Luft aufgelöst. Alles, was er diesem Wunsch entgegenhalten konnte, war sein Bedürfnis etwas klarzustellen. Und wieder begann er zu sprechen. Und sprach und sprach. Und sprach und sprach und sprach. Sprach, als ginge es um sein Leben. Griff hastig zu dem Glas Wasser, das der Kellner gerade gebracht hatte und trank schnell einen kleinen Schluck – bloß keine Unterbrechungen, keine Pausen. Doch Anna hörte nicht hin, schaute nur zu, und wenn nicht ihm, dann den weißen Wolken, die wie eine Herde Walrösser vorbeizogen und bald den Himmel verhängen würden oder dem kleinen Mädchen am Nachbartisch, das gerade ihren Kopf hin und her schüttelte, offensichtlich nur, um sich an ihren langen Zöpfen, die mit vielen bunten Haarbändern verziert waren, zu erfreuen.

Um die Zeit zu überbrücken, pickte sich Anna manchmal sogar einen einzelnen Begriff heraus, den Säm besonders eindringlich betonte – „kosmische Ungewissheit" zum Beispiel – und brachte diesen Begriff dann in Verbindung mit dem, was sie sah, in diesem Falle, dem von Sahne fast überquellenden Eisbecher, den der Kellner gerade dem kleinen Mädchen am Nachbartisch servierte. Anna konnte oder wollte all das nicht mehr ernst nehmen. Vielleicht wollte sie sich auch schützen. „Die kosmische Ungewissheit und der Eisbecher." Man musste nicht alles verstehen! „Du hast dich da in irgend etwas hinein gesteigert!", entgegnete sie dann doch. „Außerdem habe ich wenig Zeit!" „Ja, ja, immer hast du wenig Zeit!", antwortete Säm gereizt. Er hatte sich über ihre Geschäftigkeiten immer lustig gemacht. „Als ob es etwas zu verpassen gäbe, außer sich selbst!" Anna nervte wiederum seine „Herumhängerei", die er zu einer großartigen Lebensphilosophie stilisiert hatte. Dabei - Anna konnte es einfach nicht anders sehen - steckte dahinter doch nur eine großartige Lebensunfähigkeit und eine himmelhoch schreiende Faulheit. Säm sah das anders. „Ich beschäftige mich, ich konfrontiere mich mit den wirklich wichtigen Fragen der Existenz!" Auch an diesem Punkt waren sie nie weiter gekommen. „Schau dich um!", sagte sie. „Es ist ein schöner Frühlingsnachmittag und irgendwann, das steht fest, sind wir alle tot. Und jetzt, im Augenblick, ist alles okay, verstehst du?" Anna sah nicht ein, wozu es gut sein sollte, sich an einem Tag wie heute tiefschürfend in all die Sinnlosigkeiten und Probleme dieser Welt zu stürzen. Es war alles viel einfacher, ganz sicher war es viel einfacher. „Ja, ja, alles okay!", wiederholte Säm geistesabwesend, gerade so, als ob er Zusammenhang und Sinn der Worte nicht verstehen könne. Was war schon okay? Schließlich schaute er auf und blickte in Annas Augen, die auf ihm ruhten, irgendwie funkelten und etwas zu sehen schienen, was ihm verborgen blieb. Abrupt wendete er sich von ihr wieder ab in der sicheren Gewissheit, dass auch er Dinge sah, die ihr ganz gewiss verborgen bleiben würden. Wieder rückte er mit dem Stuhl nach hinten, lehnte sich zurück und sagte, diesmal spöttisch und mit spitzen Lippen: „Ja, ja - alles okay!" Und dann etwas lauter, sich beziehend auf alte Vertraulichkeiten, mit flehendem Blick: „Mensch, Anna!"

Es wird doch etwas länger dauern, dachte Anna und schaute auf die Uhr. Dann verschwand sie im Café. Sie brauchte eine Pause. „Alles okay", dachte Säm. „Alles okay?" Säm schaute sich um. Ja, vielleicht... vielleicht, wenn man nur seine Perspektive (oder gar sein Leben?) wechseln könnte, vielleicht würde dann alles okay sein, zumindest in der Vorstellung. Säm versuchte sich und Anna durch die Augen der anderen zu betrachten, sich vorzustellen, was wohl dieser oder jener Passant, die um ihn herum Sitzenden oder der Kellner, der gerade den Milchkaffee brachte, über sie dachten oder denken könnten: Ein junges Paar bei einem Rendezvous, ein junges Paar bei einem klärenden Gespräch nach ersten unbedeutenden Missverständnissen, ein junges Paar, das sich auf der Terrasse eines Cafés getroffen hatte, um die ersten Sonnenstrahlen des Frühlings zu genießen... ja, alles könnte okay sein, wenn es anders wäre, als es wirklich war. Säm verlor sich in einer Vielzahl möglicher Betrachtungsweisen und ganz so als würden die Gedanken seinen Körper hin und her zerren, rückte er den Stuhl zur Seite, reckte den Hals nach rechts und links, trank hastig von seinem Wasser, tropfte dabei auf das Hemd und rieb wieder seine Augen – nein, wach war er nicht!

Anna kam zurück, und noch während sie sich setzte, sagte sie: „Wie du hier hin und her zappelst, wenn ich dich nicht kennen würde, da würde ich denken, du bist gerade einer Nervenheilanstalt entlaufen!" - „Ha!", rief Säm emphatisch, was soviel heißen sollte wie: Was verstehst du schon? Unsichtbare Anstrengungen standen in seinem Gesicht geschrieben. Behutsam neigte Anna nun ihren Kopf nach vorne, bis ihr Mund den Rand der Tasse erreicht hatte und schlürfte die mit Schokoladenstreusel verzierte Sahne vom Milchkaffee. Auch Säm griff nach seinem Glas, in einer langsamen vorsichtigen Bewegung, als ginge es um einen Akt höchster Präzision. Hierzu hatte er den Arm unnötig weit ausgeholt. Als am Nachbartisch ein Gast, der mit dem Rücken zu ihm saß, gerade im Begriff war aufzustehen, stieß er mit dem Stuhl aus Versehen an Säms Ellbogen. Das Wasser ergoss sich über den Tisch und sein Hosenbein. Ärgerlich schrie Säm auf, während er gleichzeitig aufsprang, um das Wasser von seiner Hose zu schütteln. Anna lachte. „Er wird heute Abend wieder eingeliefert", sagte sie zu dem erschrocken dreinschauenden Gast, und zu Säm: „Du sollst doch aufpassen, hab ich dir gesagt." Nickend nahm Säm die Entschuldigung des Gastes entgegen und starrte verständnislos auf Annas lachenden Mund. „Was ist bloß los mit dir, mein lieber Säm?", fragte Anna und schüttelte amüsiert den Kopf. Säm wusste noch immer nicht recht, wie ihm geschehen war, fühlte sich zu unrecht attackiert und sagte vieldeutig: „Wenn du wüsstest, Anna, wenn du wüsstest... !"- „Ja, ja, das große verkannte Genie", antwortete sie mit gespielter Wichtigkeit und ironischem Unterton. „Na, endlich hast du es erkannt", sprach Säm, indem er nicht vorhandenes Haar von der Stirn strich und den imaginären Scheitel in den Nacken warf. „Weißt du, was das Schlimme ist?", sprach Anna nun ernsthaft, „dass du das wirklich glaubst!" „Weißt du, was noch viel schlimmer ist?", antwortete Säm, „Dass es wirklich so ist!"

„Aber", sprach Säm versöhnlich und einlenkend, erneut die Chance witternd dieses scheinbare Missverständnis, das zwischen ihnen stand, aufzuklären: „Darum geht es doch gar nicht!" Und wieder schien der Nährboden für einen ganz außerordentlichen Redebeitrag bereitet, in Säms Kopf formierten sich die gedanklichen Bruchstücke zum Thema „Genie und Wahnsinn"/

„Wahnsinn und Wahrheit", als mitten hinein in diese neu erleuchtete Szenerie der Kellner einbrach. Bewaffnet mit einem roten Tuch und einem schamlosen Lächeln unterbrach er Säms ausgezeichneten Gedankengang, zu dem er gerade die passenden einleitenden Worte gefunden hatte, und wischte mit routinierten Handbewegungen die restlichen kleinen Wasserpfützen auf, die sich auf dem Tisch gebildet hatten und mit denen Anna begonnen hatte zu spielen. Mit ihrem Zeigefinger hatte sie zwischen den einzelnen „kleinen Seen" Querverbindungen geschaffen, so dass eine „kleine Seenplatte" entstanden war, die, bevor das Tuch des Kellners sie aufnehmen konnte, mit schnell kreisenden Fingern von Anna wieder zerstört wurde. Mit seinen südländischen Augen warf der Kellner einen feurigen Blick auf Anna, den sie ohne Umschweife erwiderte, und einen abschätzenden auf Säm, den er wiederum mit kühler Verachtung quittierte. „Möchte der Herr noch etwas bestellen?", fragte er lächelnd und schielte dabei provokativ auf Säms Hosenbein, das unübersehbar von einem faustgroßen Flecken verziert war. Säm ließ sich nicht irritieren und bestellte ein großes Bier, während er sein Blick von dessen pomadisierten Scheitel bis hinunter zu den etwas verstaubten Lackschuhen wanderte. Wieder lächelte Anna, während Säm dem Kellner ärgerlich hinterherschaute. „Oh, Säm", sagte sie in einem neuen, überraschend herzlichen Ton. Annas Lächeln, es hatte ihn immer entwaffnet und verzaubert, doch jetzt kam es ihm vollkommen deplaziert vor (wie er sich selbst). Er spürte, wie etwas an seinen Mundwinkeln spannte, seine Augenlider zu zucken begannen und es sich in ihm anfühlte, wie so oft in der letzten Zeit: einfach zum Heulen. Aber eigentlich hatte er doch etwas erklären wollen... Was war es noch? Genie und Wahnsinn... Wahnsinn und Wahrheit.... doch die mühevoll zusammengefügten Gedankensplitter waren in alle Winde zerstreut wie die Blätter im Herbst. Es war vorbei. „Oh, Säm", wiederholte Anna fast zärtlich, „was ist nur mit dir los?" Säm verkrampfte sich. Wie merkwürdig, aber damit hatte er gar nicht gerechnet, damit, dass Anna plötzlich so ganz liebevoll mit ihm sprach. Er verhakte sich in seinem Stuhl, seine Hände griffen nach den Armlehnen, krallten sich fest, so, als säße er auf einem fliegenden Gefährt und als könne ihn jeden Augenblick etwas hinaus katapultieren, hinweg schleudern oder in die Tiefe stürzen. In der ersten Unsicherheit reagierte Säm mit sexuellen Fantasien, die aber, wie er zugleich merkte, genauso wenig am Platz zu sein schienen wie er selbst. Kurz sammelte sich das Blut in seinen Lenden, stockte, fand keine Möglichkeit zur Ausbreitung und stieg nun peu à peu in Richtung Kopf.

Annas Lächeln schien schier endlos und selbst sein Haltegriff auf dem Stuhl nützte nichts mehr, er war zum Schleudersitz geworden. „Was lächelst du denn so blöde?", brach Säm hervor, kleinlaut und wütend zugleich. Ihm war nicht beizukommen. „Du bist doch total durcheinander!" sagte sie. „Kann sein!" Aber: War nicht die ganze Welt durcheinander, alles drum herum? Wie sollte man da selbst klar sein können? Ihm war es zu einfach sein persönliches Durcheinander nur auf sein persönliches Schicksal zu beschränken. „Alles ist durcheinander", sagte er. „Aber du ganz besonders!", antwortete Anna. „Wir stehen auf einer Welt ohne Grund", sagte Säm. „Du!", sagte Anna. „Nein, alle Menschen! Nur die meisten haben Angst, sich das bewusst zu machen!" Anna wurde jetzt ungeduldig. „Hör' auf, bitte hör' auf! Ich kann das alles wirklich nicht mehr hören!" Säm wurde sofort still. Es war vorbei. Das war alles. Säm erstarrte, kauerte auf dem Stuhl und traute sich nicht Anna anzuschauen. Stattdessen blickte er angestrengt vor sich auf den Boden und dann, den Kopf etwas anhebend, in die Leere, die altbekannte, ein Punkt irgendwo zwischen den von Licht umspielten Haaren Annas und einem entfernten, gerade zu blühen beginnenden Kastanienbaum. All seine Gedanken, das wusste Anna jetzt, waren Seile und Stricke, die ihn nicht halten würden, im Gegenteil, er hatte sich ganz und gar in ihnen verfangen, wie in einem Labyrinth, dessen Ausweg niemand kannte. Säm suchte Halt. Das war alles. Säm, der Weltverlorene, Säm der Wortgewordene. Er suchte Halt, den sie ihm nicht geben konnte. Sie suchte selbst Halt, jeder suchte Halt. Und schließlich sah es in den meisten Fällen ja auch nur so aus, als ob dies gelang. „Du, ich muss jetzt los!", sagte Anna. Sie fuhr weder nach Japan noch nach Mesopotamien, sie wollte einfach nicht mehr erreichbar sein für Säm. Das war alles.

Kennen gelernt hatten sie sich in einer Bar bei Säm um die Ecke – nicht gerade in der glorreichsten Phase seines Lebens. Wieder einmal war er dabei über jene lateinische Lebensweisheit zu sinnieren, die sich die Welt der Geschäftigkeiten, der er so skeptisch gegenüberstand, in schnödester Form zu eigen gemacht hatte: „Carpe diem." Nicht nur, dass in seinem Leben daraus mehr und mehr ein „Carpe noctem" geworden war, er musste sich auch eingestehen, ganz egal ob Tag oder Nacht, dass sich ihm die Nützlichkeit seines Lebens und der ganzen Existenz immer noch nicht erschlossen hatte. Und um welchen Nutzen es wohl ginge dabei und was der alte römische Gelehrte wohl damals wirklich gemeint hatte, fragte er sich. Und schließlich, ob es überhaupt nützlich war sich darüber auf diese Weise Gedanken zu machen. Durchaus zog er in Erwägung, dass er sein Leben möglicherweise ändern müsste, doch hatte er zum einen noch keine durchschlagende Idee, wie oder in welche Richtung, und zum anderen war dies auch nicht wirklich sicher. Sicher war nur, dass diese Phasen des Selbstzweifels, die in ihrer Intensität und Dauer sehr unterschiedlich sein konnten, fester Bestandteil seines Lebens waren und immer wiederkehrten. Doch trotz dieses lästigen Phänomens hielt er eines weiterhin für möglich, ja, sogar für wahrscheinlich, dass er, statt sich oder sein Leben zu verändern, einfach nur den richtigen Blickwinkel finden musste, um sein Leben neu zu betrachten und dann – ja, daran glaubte er! – würde sich alles von alleine erschließen und alle Bedenken würden sich auflösen.

Bis er diesen Blickwinkel jedoch gefunden hatte, galt es mit der Last des Selbstzweifels einen listigen Umgang zu finden. Wohl geübt darin, die Vorboten dieser unangenehmen Zustände zu erkennen, hatte er sich an diesem Tag vorbeugend das vorgenommen, was immerhin Aussicht auf eine gewisse innere Beruhigung gab: Er wollte sich betrinken. Mit dieser Absicht saß er nun am Tresen dieser Bar, die er zu diesem Zweck immer mal wieder in unregelmäßigen Abständen besuchte. Doch es sollte anders kommen. Gerade wollte er einen ersten Schluck vom Frischgezapften nehmen, als plötzlich ein etwa gleichaltriger, sich in den besten Jahren seines Lebens befindender Mann, die Räumlichkeiten betrat. Dynamisch, sportlich und leichtfüßigen Schrittes schnellte er herein, und Säm stellte zu seinem Entsetzen fest, dass es ein alter

Studienkollege war, den er zwar nur flüchtig kannte, aber leider doch kannte. In der Hoffnung von ihm nicht gesehen zu werden, neigte er seinen Kopf zur Seite, bedeckte mit seiner Hand Stirn und Augen, so dass er einigermaßen abgeschirmt war. Vorsichtig blinzelte er zugleich hinüber zu dem „homo dynamicus" und staunte nicht schlecht, wie dieser flink mit der einen Hand in der Speisekarte blätterte, mit der anderen zielsicher auf die vierte Flasche von rechts im zweiten Regal von oben zeigte – „Bitte nur einen Eiswürfel!" – und mit der nächsten, weiß Gott, wo er die her nahm, noch schnell etwas in sein hochmodernes Mobiltelefon tippte. Schon das Zuschauen verursachte in Säm einen kurzen inneren Schwindel und er fragte sich, ob Menschen wie sein dreihändiger Studienfreund schon so geboren wurden und naturgegeben diese hochgradige Effizienz ihres Tuns mit sich brachten. In jedem Falle hatte sich wohl in all den Jahrtausenden und Jahrmillionen herausgestellt, dass Schnelligkeit per se einer der wichtigsten Schlüssel im erfolgreichen Kampf ums Überleben war. Viel geändert hatte sich da nichts. Nur die Gegenstände, mit denen man hantierte, und die Umgebung. Aus Holzknüppeln waren Handys geworden, aus Urwäldern Betonwüsten, oder einfach nur Wüsten, gerodete Regenwälder, zersiedelte Landstriche...

Während Säm sich von seinen Gedanken übermannt sah, geschah nun das, was er unbedingt hatte vermeiden wollen, nämlich erkannt zu werden. Der hellwache Held der Szenerie, gewohnt stets alles um sich herum im Blick zu haben – schließlich war die herausragende Beobachtungsgabe eine weitere Grundvoraussetzung für den erfolgreichen Überlebenskampf – ‚hatte Säm natürlich längst gesehen. Aber leider nicht nur das. Nun schleuderte er ihm auch noch diese belanglose – für den größten Teil der Welt belanglose – Frage in den akustischen Kanal, die in Säms Gehirnwindungen sowieso schon seit geraumer Zeit Perpetuum Mobile spielte. „Und? Was machst du so?" Ja, zu anderen Zeiten und Umständen, in anderen kulturellen Zusammenhängen hätte diese kleine Frage der Beginn eines wunderbaren sokratischen Dialoges werden können und wäre demgemäß ganz nach Säms Geschmack gewesen. Aber Säm lebte im beginnenden 21. Jahrhundert, mitten in einer Zivilisation, die dabei war vor lauter Gier sich selbst aufzufressen und Fragen dieser Art waren weder eine freundschaftliche Einladung zu einem ausführlichen philosophischen Disput noch zu einem ernsthaften Gespräch, noch zeugten sie von ehrlichem mitmenschlichen Interesse. Sie waren nur weitere nichtssagende Floskeln, wie man sie jeden Tag an allen Ecken und Enden über sich ergehen lassen musste. Säm wusste dies natürlich. Doch etwas in ihm war widerständig und suchte nach einer passenden Antwort.

„Ja, was mache ich eigentlich? Ja, was machen wir alle hier eigentlich?" Diese und ähnliche Fragen waren es doch, um die es wirklich ging! Und war es nicht sogar eine heilige Pflicht des Menschen, diese Frage zutiefst zu stellen und sie immer wieder neu von allen Seiten zu betrachten? Doch der Fragesteller war – wenn überhaupt – nur auf eine ganz kurze, schnelle und effektive Antwort geeicht, schon gar nicht darauf, ihr wirklich auf den Grund zu gehen. Denn schließlich war Zeit kostbar und es galt den Tag, ja, mehr noch, jeden Moment zu nutzen. Und das tat er. Schon hatte er mit der Bedienung angebändelt und ihr mit einem charmanten Kompliment ein wunderbares Lächeln abgereizt, gleichzeitig verstreute er mit seinem Habitus und seinen Gesten eine ganz spezielle positive Energie im ganzen Raum, in die jeder, ob er wollte oder nicht, hineingezogen wurde. Säm erstarrte kurz ob soviel guter Ausstrahlung und feil gebotener Selbstsicherheit, fand dann aber doch wieder zu sich und stellte erstaunt fest, dass sich in ihm diffus, trotz allem, eine Antwort zusammenbraute. „Ich denke gerade über das Leben nach!", sagte er. Sagte es wie zu sich selbst, leise, spröde, eintönig und eigentlich für niemanden zu verstehen. Eigentlich. Doch plötzlich schaute die Bedienung, die eben noch so reizend in Richtung des strahlenden Helden gelächelt hatte, ihn böse an, weil sie wieder einmal bestätigt glaubte, was sie schon immer vermutet hatte, nämlich, dass Säm unter einer Art krankhaften Verwirrung litt und mit sich selbst sprach. Säm, mit feinsten Antennen ausgestattet, spürte diese ungute Verdächtigung und war gewillt nicht nur dieses Missverständnis aus dem Weg zu räumen, sondern sich zu behaupten, einzustehen für sich selbst und, ja, vielleicht auch für viel mehr als nur sich selbst. Etwas lauter wiederholte er: „Ich denke gerade über das Leben nach!"

Dieser doch eigentlich so gehaltvolle, so essentielle Satz, der vor Jahrtausenden vermutlich Beginn aller geistesgeschichtlichen Traditionen und Entwicklungen gewesen war, wahrscheinlich am Anfang aller Philosophie, Wissenschaft und Religion gestanden hatte, war nun wie Perlen vor die Säue geworfen, in einem Pulk von Banausen bis zur Unkenntlichkeit degeneriert und scheinbar war da niemand, der den tiefen Sinn und den hohen Wert dieses Satzes erkannte. Säms Antwort stand nun völlig beziehungslos im Raum und es gab einfach keinen eindeutigen Adressaten mehr dafür, denn das Alpha-Männchen hatte längst Platz genommen und war hoch konzentriert mit seinem smarten Handy und wichtigen kommunikativen Aktivitäten beschäftigt. Einige der wenigen anderen Gäste wurden jedoch auf Säm aufmerksam, unter ihnen auch Anna, die, unsichtbar für ihn, in einem separaten abgewinkelten Teil der Bar saß und über die ihr gegenüber liegende Wand, an der sich eine Spiegelfläche befand, Tresen und Säm im Blick hatte. Gelangweilt, fast überdrüssig reckten einige Gäste ihre Hälse, scheinbar sinnlos gesprochene Worte standen im Raum und mit ihrem verhallenden Klang breitete sich eine leichte Irritation aus, verursacht von jemandem, der unrasiert, ungekämmt, etwas verloren auf einem Barhocker saß und mit scheinbar verwirrtem Blick in die Runde schaute. Säm schluckte. Doch seine Augen waren weiterhin fest auf den Fragesteller gerichtet, der ihn schon vergessen zu haben schien. Längst beschäftigte der sich nun mit Serviette, Messer und Gabel, nicht ohne ein weiteres Kompliment in Richtung Bedienung abzuschießen, das sie wiederum mit ihrem hübschesten Lächeln quittierte. Dann machte er sich über den besonders liebevoll hergerichteten Snack her.

Säm hätte es gut sein lassen können. Eigentlich war ja nichts weiter geschehen. Eine Belanglosigkeit, eine nicht ernst gemeinte Frage, das übliche Desinteresse, die übliche Ignoranz. Mit etwas gutem Willen hätte er es als ein kleines Missverständnis deklarieren können. Doch das war es nicht. Und Säm spürte es nicht erst seit diesem Tag: Es war Krieg und die Front zeigte sich überall. Im Außen und im Innen. In Gesten und Blicken, versteckt in den banalsten Alltäglichkeiten. Dieser Kampf war unterschwellig und subtil, getarnt in scheinheiliger Harmlosigkeit und in dahergesagten Floskeln. Und es sah so aus, als ginge es um reine Lappalien und Nebensächlichkeiten, doch in Wirklichkeit ging es um viel mehr! Wer weiß, vielleicht war es gar eine alles entscheidende Schlacht, bei der jetzt die Weichen gestellt wurden für die nächste Etappe der Evolution. Und es ging jetzt darum sich zu behaupten, darum, wer wem das Feld überließ. Sollten sie etwa damit durchkommen, diese scheinbaren „Fittesten der Fitten", die nichts und niemanden mehr sahen, die nichts und niemanden mehr meinten, die vorgaben die Welt am Laufen zu halten und die sie dabei doch ganz und gar aus den Augen verloren hatten?

Säms körperliche Spannung war nun unübersehbar und seine volle Konzentration galt seinem bedenkenlos geschäftigen Studienkollegen, seinem Feind, wie sich nun herausgestellt hatte. Auch der Bedienung, die selig in der Aura ihres neuen Lieblingsgastes badete, war Säms schwer einschätzbarer Gesichtsausdruck nicht entgangen. In Erwartung einer unangenehmen Überraschung tippte sie hilfesuchend an die Schulter des Alpha-Männchens und lenkte seine Aufmerksamkeit auf Säm. Nun registrierte er ihn also wieder, wohlwollend lächelnd versteht sich, aber auch leicht irritiert, über die seltsame Anspannung, die von Säm ausging. Aber dieses Mal war Säm schneller: „Ich denke gerade über das Leben nach. Solltest du auch mal tun!" Der Überblickbehalter schien für eine Zehntelsekunde denselben zu verlieren, dafür aber das Vertrauen, das die Bedienung in ihn setzte, zu würdigen. „Ja, logo, Säm, alles klar!", sagte er gespielt freundlich und – gewitzt wie er nun einmal war – bestellte er ein Bier für ihn. So waren sie: nicht zu greifen, nicht zu fassen, nicht zu kriegen, so rangen sie ihre Mitstreiter nieder, diese neuen Alpha-Männchen, nonchalant, flexibel, schlagfertig, unverbindlich und scheinbar großzügig, so glaubten sie sich unangreifbar zu machen, mit ihrer mehrlagigen schuppigen Schutzhaut an der alles abprallte, -perlte und -glitt, nichts rankam, scheinbar undurchdringbar. Säm verschnaufte und schon schäumte es aus dem Zapfhahn, während der spendable Friedensstifter nun etwas hastiger als geplant zu Ende speiste, weil er ja schon genug Zeit vergeudet hatte. –„Termine, du verstehst?"– Mit jäher Bewegung landete das lieblos gezapfte Bier vor Säm, dem nicht nur das sauer aufstieß. So stehen lassen konnte er das nicht, das Bier nicht und die ganze Situation nicht, etwas in ihm drängte nach einer angemessenen Reaktion, danach diesen perfiden und hinterfotzig versteckten Kampf in eine handfeste Realität zu zerren, sichtbar und spürbar für alle Beteiligten. Ging es nicht eigentlich jeden Moment um „Sein oder Nicht-Sein", nur dass man es vergessen hatte, eingeschläfert, ausgehöhlt und im Herzen korrumpiert von den scheinbaren Annehmlichkeiten einer mehr als fragwürdigen Zivilisation? Schon verlangte sein Widersacher, nachdem er serviettengeübt letzte Krümel aus diversen Mundwinkeln entfernt hatte, mit weltmännischer Geste die Rechnung – mit einer Quittung für die Steuer, versteht sich – und einem großzügigen Trinkgeld, das er sichtbar für alle, auf dem Tisch platzierte.

Diskret schob er zu guter Letzt seine Visitenkarte mit Privatnummer über den frisch geputzten Tresen, die zugleich im Handtäschchen seiner neuen Eroberung, der dauerlächelnden Bedienung, sorgsam verstaut wurde. Und gerade als Säm dem jetzt neben ihm stehenden Flirtweltmeister die Hand reichen wollte – Großzügigkeit macht sich also doch bezahlt, dachte dieser selbstzufrieden und wertete diese ihm entgegen gestreckte Hand als seinen ganz persönlichen Sieg – kam Säm ganz aus Versehen mit dem Ellbogen an das vor ihm stehende Bier, das sich nun, anstatt in Säms Rachen, den Weg über teure Bügelfalten und karierte Stoffmuster bahnte. Denn es war Säm wieder eingefallen, was er eigentlich nie wirklich vergessen hatte, nämlich, dass die besten Lösungen immer irgendwo dazwischen lagen. „Oh das tut mir aber leid! Ich krieg' doch ein Neues?" In dem Moment vernahm Säm das laute Lachen einer Frau, das aus dem hinteren Raum nach vorne schallte, es war Anna, die die ganze Szene spiegelverkehrt an der Wand beobachtet hatte. Der begossene Held der Szenerie, dessen teure Designerhose zumindest für diesen Tag versaut war, schwankte innerlich zwischen antrainierter Selbstkontrolle und dem Impuls seinen Gefühlen freien Lauf zu lassen. Doch er sah auch, dass etwas sehr Unberechenbares in Säms Augen lag. Ja, er war nicht einschätzbar, nicht mal für sich selbst und längst nicht für das besudelte Alpha-Männchen, das seine evolutionären Siege ja auch nur deshalb davongetragen hatte, weil es gelernt hatte, Mitstreiter und Situationen angemessen einzuschätzen und entsprechend strategisch darauf zu reagieren.

Säm wartete ab, schaute in seines Feindes Augen und konnte sehen wie es in ihnen arbeitete. Hier genau war die Frontlinie. Keine Frage, der Krieg war in vollem Gange, die Frage war nur, wann er endlich sichtbar ausbrechen würde. Doch scheinbar war dafür der Zeitpunkt noch nicht gekommen. Sein Widersacher entschied sich für den jovialen Rückzug. Schlussendlich konnte Säm es sich nicht verkneifen und richtete nun seinerseits eine Frage an den ehemaligen Helden der Szenerie: „Sag mal, was ich dich schon immer mal fragen wollte: Was machst du eigentlich so?" Sein neuer Feind und alter Studienkollege, der sich unter normalen Umständen mit ermunterndem Schulterklaps und strahlendem Siegerlächeln von Säm verabschiedet hätte, ignorierte indes sowohl Frage als auch Fragesteller. Stattdessen lächelte er nochmal zur Bedienung, wobei die Mundwinkel etwas beschwerter waren als beim Eintreffen und verließ wortlos und kopfschüttelnd die Bar. Säm sah keinen Anlass irgendetwas anderes zu tun, als auf sein Bier zu warten, das aber nicht kommen wollte. „Was ist mit dem Bier?" fragte Säm etwas beißend zu der ihn böse anschauenden Bedienung, die ihm unmissverständlich signalisierte, dass er das glatt vergessen könne, als sich plötzlich neben ihm eine Stimme regte, Annas Stimme: „Zwei Bier bitte!", sagte sie, ebenfalls etwas beißend in Richtung Bedienung und setze sich wie selbstverständlich neben ihn auf den Barhocker. „Was für ein Lackaffe!", sagte sie. „Hättest ihm das Bier ins Gesicht schütten sollen!" Perplex schaute er Anna an, schaute ungläubig auf ihren lachenden Mund und in ihre hellen blauen Augen. Kurz durchströmte ihn ein schon längst in Vergessenheit geratenes Gefühl, das, nicht alleine zu sein mit sich und mit der Welt. Diese fremde Frau, die sich neben ihn gesetzt hatte und die er nicht kannte oder nicht wiedererkannte – etwas in ihm suchte wie rasend nach der Erinnerung eines inneren Bildes, das dem Gesicht, das ihn anschaute einen Namen oder einen Bezug zu seinem Leben geben konnte – kam ihm so unwirklich vor wie eine Erscheinung, so fremd, so schön, so befreiend. Etwas in ihm jubelierte. Doch bevor er irgendetwas sagen oder fragen konnte, klingelte schon ihr Handy. Zu Säms Erschrecken musste sie ganz schnell los und es war gerade noch

Zeit, dass er auf einen Zettel, den sie ihm hinschob, seine Adresse und Telefonnummer notierte. „Ich melde mich!", sagte sie, trank ihr Bier, das die Bedienung widerwillig serviert hatte, in einem Zug aus, zahlte, nahm ihre Tasche und war fort.

Auch wenn Säm nicht wirklich mehr daran geglaubt hatte und die kurze Begegnung mit Anna in der Bar sich peu à peu ins nebulöse Reich des Traumhaften zu verabschieden drohte, knapp eine Woche später stand sie dann doch plötzlich wie aus heiterem Himmel vor seiner Wohnungstür. Sie war noch viel hübscher als er sie in Erinnerung hatte, steckte in einem hellgrauen, viel zu groß geratenen Männerjacket, das sie an den Ärmeln umgeschlagen hatte, einer Jeans mit dem obligatorischen Riss über dem Knie und stand dabei sicher auf hochhackigen schwarzen Stiefeln. Natürlich hatte er sie hereingebeten: in seine Wohnung und in sein Leben. Und war es nicht der erste Blick, so war es der zweite und Säm hatte geahnt, was geschehen würde von Anfang bis Ende, alles, einfach die ganze Geschichte.

Diese Art, wie Anna mit ihren langen blonden Haaren am Fenster stand, die eine Hand aufgestützt, mit der anderen Haarsträhnen aus dem Gesicht streichend, wie sie ihn anschaute, diese betörende Mischung aus Keckheit und Unsicherheit, wie sie sich bewegte und wie sie lächelte… da hatte Säm es gewusst: Anna war in sein Leben getreten und das würde Folgen haben! Was auch immer die Gesetze der Anziehung waren, welche Art von Magnetismus auch immer hier wirkte: Die Flügel waren gespannt, die Federn zusammengehalten von Wachs und die Sonne lachte… Und in seiner Hilflosigkeit begann er zu sprechen. Der erste von mindestens siebenundzwanzig Vorträgen und geistigen Rundumschlägen über die kosmische Dimension des Daseins, über die große Aufgabe sich dem Unbegreiflichen zu stellen, und darüber, dass eine ganze Zivilisation offensichtlich nichts Besseres zu tun hatte, als vor sich selbst zu flüchten. ‚Ahhh! Ein Philosoph!', hatte Anna damals gedacht. „Meinst du so etwas wie das ‚Geworfen-Sein'?", warf sie aus Spaß in Säms Monolog. „Geworfen-Sein!". Diesen Begriff hatte sie mal bei Freunden aufgeschnappt und ihn sich gemerkt, weil sie ihn so witzig fand. „Geworfen-Sein!" Woher, wohin? Hinein, hinaus? Ein gelungener Wurf? Ein Volltreffer? Oder am Ziel vorbei? Etwas an ihm faszinierte sie. Die Art, wie er mit dem, was er aussprach, eins war. In seiner Stimme und in seinen Bewegungen lag ein Aufbegehren und eine Leidenschaft, die sie anzog. Sein Blick war verklärt, feurig, wild, manchmal angestrengt in die Leere blickend, als bemühte er sich die Konturen einer noch nie erblickten Vision zu erkennen, manchmal in seiner Stimme ganz leise werdend, als gäbe er Geheimnisse preis, die nur für die Allerwenigsten bestimmt waren. Dennoch: Vor irgendetwas schien er sich zu fürchten. Was sah er eigentlich? Wohin schaute er? Sah er Anna überhaupt? Anna räusperte sich und fragte nach der Toilette. Als sie wieder zurück kam – sie hatte nur ihre Lippen nachgeschminkt – betörend, lächelnd und mit funkelnden Augen, kam sie direkt auf ihn zu, setze sich auf seinen Schoß und küsste ihn. Von diesem Moment an, Säm spürte es ganz genau, hatte der Schmelzungsprozess unabänderlich begonnen.

Alles, was er nun tun konnte, war, diesen so trickreich als möglich in die Länge zu ziehen. Denn eines war Säm klar: So hoch er auch fliegen würde, sein Absturz war vorprogrammiert. Er konnte ihn nur herauszögern und das auch nur, wenn er so lange als möglich den richtigen Abstand hielt, wenn er die eigenwilligen Gesetze der Thermik und der Atmosphärenbildung, der Wolkenbewegungen und des Windes stets im Auge behielt. Und: wenn er sich illusionslos klar machte, dass er sich bei diesem Flug auf nichts anderes verlassen konnte, als auf die unsichere Konsistenz von Wachs und Federn. „Nun, Ikarus, so ist es nun mal… zu allen Zeiten! Wie könnten wir uns dem Willen der Götter entgegenstellen, den Schicksalswegen, die sie uns ersonnen und deren Sinn sich uns nicht immer erschließt?"

Mit Anna bekam alles einen neuen Sinn. Das Leben wurde lebendig, als wäre es aus einem Dornröschenschlaf erwacht, und Säm spürte wieder den Boden unter den Füßen. Er ließ sich von ihr durch die Straßen ziehen und tat Dinge, die er sonst nie getan hätte, schaute mit ihr in Schaufenster und erfreute sich an der Freude, die Anna an den Dingen haben konnte. Mit Anna gab es wieder Bedeutungen. Das große seelenlose Funktionieren bekam ein menschliches Antlitz. Auch wenn all das doch nur die letzten Zuckungen einer untergehenden Zivilisation waren und all ihre Geschäftigkeiten die Agonie einer zum Untergang verurteilten Kultur. Es war vorherbestimmt, Säm wusste es: Das Haltbarkeitsdatum dieser Zivilisation war abgelaufen. Doch am Arm von Anna konnte all das unwichtig werden. Mit ihr zeigte sich die ganze Welt in neuen Facetten, Farben, Lichtpunkten. Entgegenkommende Menschenmassen lösten keinen Ekel und keinen Fluchtimpuls mehr in ihm aus – im Gegenteil – mit Anna war es ein Leichtes hindurchzufließen, das Gefühl der „Großen

Desorientiertheit und Deplaziertheit" wich einer unbestimmten Gewissheit, dass all das vielleicht doch Teil einer kosmischen Ordnung war, wo selbst Säm seinen Platz hätte haben können. Auch wenn all das, was sich bewegte, sich in eine grundlegend falsche Richtung bewegte, mit Anna war jeder Schritt auf dem Trottoir eine kleine momentane Wendung zum Guten. „Guck' mal da – das ist ja ein lustiger Vogel!" Anna zog ihn zu dem Schaufenster eines kleinen Zoohandels. „So stell ich mir ungefähr den Vogel vor, den du in deinem Kopf hast!", sagte sie. „So klein?" Anna zeigte auf einen stattlichen Papagei, mit rund gebogenem Schnabel und regenbogenfarbenem Gefieder. Und dann ging es weiter, kein Halten, kein Zögern. Anna schritt voran, und Säm, der sich bei ihr untergehakt hatte, ließ sich einfach mitziehen, dabei selig wie ein kleiner Junge. Zwischendurch schloss er sogar heimlich die Augen, um dieses wunderbare Gefühl am Arm von Anna ganz und gar auszukosten. Sie zog ihn weiter. Vorbei an den neuesten modischen Errungenschaften, die nun säuberlich und nach den neuesten Erkenntnissen von Marktforschung und Marketing aneinander gereiht, gestapelt, platziert in den großen neonbeleuchteten Bildschirm behangenen Konsumhallen feil geboten wurden. Nie im Leben wäre ihm eingefallen, alleine hier her zu kommen. Doch mit Anna wurden selbst die idiotischsten und überflüssigsten Produkte und Gegenstände zu etwas, das man bestaunen - ja! - ob des Einfallsreichtums des Homo sapiens, sogar bewundern konnte. Wozu diese Krönung der Schöpfung doch imstande war, wenn er sich einen Gewinn von seinem Tun versprach! Dass er gleichzeitig dabei war, die gesamte irdische Evolution in den Sand zu setzen, hätte man bei so viel Funkeln, Glitzern und leuchtendem Schnickschnack beinahe vergessen können.

Anna hatte es von Anfang an gespürt, dass Säm von einer merkwürdigen Schwere umgeben war. Wie Gewichte schien er seine Gedanken hinter sich herzuziehen und mit ihnen dunkle Stimmungen wie Regenwolken. „Nicht das Schwere ist schwer, sondern es nicht zu sehen, es zu ignorieren, so zu tun, als sei es nicht da!" Und: „Vielleicht sind ja die Abgründe die wahren Gründe!" Hinter allem sah er einen düsteren Geist, und er hatte nichts Besseres zu tun, als sich auf ihn zu stürzen. Vielleicht war es aber auch umgekehrt, dachte Anna manchmal, vielleicht hatte sich ein düsterer Geist auf Säm gestürzt und ließ ihn nicht mehr los. Sie hatte immer geglaubt, ihn aus irgendetwas herausholen zu müssen. Aus seiner Wohnung zum Beispiel. „Lass uns mal irgendwohin gehen. Kino, Theater, Museum, bummeln..." Säm konnte es auf Dauer nicht vor ihr verstecken, er sah nun mal was er sah: eine Zivilisation, die in den letzten Zügen lag.

Einmal waren sie zusammen im Theater gewesen, hatten sich schick gemacht, waren mit dem Taxi gefahren und dann doch zu spät gekommen, mitten hineingeplatzt in den erschütternden Monolog eines Prometheus, der geglaubt hatte, den Menschen unbedingt Feuer bringen zu müssen. Jetzt hing er da an einem aus Pappmache hergestellten Felsen und beschwerte sich. Exakt artikulierte, langsam gesprochene Sentenzen. Festliches Lauschen in Loge und Parterre. Warum schlossen sie nicht die Theater, warum gestanden sie sich nicht ein, dass sie nichts mehr zu sagen hatten? „Ergänzende Anmerkungen, die nichts ergänzen!" Keiner konnte aufhören, keiner anhalten. Hauptsache, man tat etwas, egal was,

Hauptsache, man konnte dem undefinierten, unklaren Existieren einen Grund geben. Hauptsache, man war der „Großen Leere" wieder einmal entkommen. Säm ertrug es nicht. Etwas rumorte in ihm, etwas rannte durch seine Nervenbahnen und ließ nicht locker, holte ihn immer wieder ein. Er spürte es wie ein Vibrieren, eine dunkle Welle, ein fernes Beben, ein Hintergrundrauschen, auf der Richterskala nicht messbar. Und dennoch: Es vibrierte, brummte, tickte… und Säm konnte es fühlen, konnte es hören… und es war mehr als ein Hirngespinst, ganz sicher war es mehr als das! „Es tut mir leid", sagte Säm, „ich muss hier raus!" Das war der Abend im Theater gewesen. Säm sah, was er sah: eine Welt, die nicht anhalten konnte, obwohl das ihre einzige Chance gewesen wäre.

Und so endeten Säms und Annas gemeinsame Ausflüge in diese sich stets weiter bewegende Welt immer öfter ganz abrupt, wenn Anna spürte, dass Säms schwerer Geist begann Schatten auf sie zu werfen. Dann schob sie einen Termin vor. „Oje, oje, da fällt mir ein, ich muss los, ein alter Bekannter, habe ich dir doch gestern erzählt…" „Wie?" Anna hatte es dann plötzlich sehr eilig. „Was für ein alter Bekannter?" „Ach, von früher." „Davon hast du mir nichts erzählt!" „Aber ja doch!" Und schon rannte Anna Richtung U-Bahnhof, Säm folgte, verwirrt und unschlüssig. Dann gab sie ihm einen Kuss, drehte sich auf der Treppe zur U-Bahn nochmal um, winkte und weg war sie. Annas überstürzte Abschiede. Sie waren wie ein Filmriss und schlugen Säm auf den Magen. Von einem Moment auf den anderen verwandelte sich die Welt in eine zähe farblose Masse, in einen Strudel voller verworrener Impulse. Ohne Anna bekam alles einen Grauschleier, so, als hätte man die Farbe aus der Welt genommen. Und Säm wollte nicht sehen, was er sah, nicht die Menschen und ihre Blicke und was sie ihm verrieten, all die Schicksale, die an ihnen klebten und sich in den Gesichtern und den Bewegungen abzeichneten. Dann versuchte er sich durch die Menschenmassen zu mogeln. Wenn er niemanden ansah, wenn niemand ihn ansah… vielleicht war ja das der Trick, um unsichtbar zu werden! „Oh, Entschuldigung!" Eine fremde Schulter kreuzte seinen Weg. Nein, Säm war nicht unsichtbar, war Körper unter Körpern. Die fremde Schulter hatte ein Gesicht und eine Stimme: „Machen Sie doch die Augen auf!" Mit Anna wäre ihm das nicht passiert. Mit ihr glitt man wie ein Fisch im Wasser durch den Strom der Menschen. Mit Anna gab es solche Widerstände nicht. „Leck mich!" Säm war gereizt, er hatte sich doch entschuldigt. Auch das war eine Kunst: nicht die Nerven zu verlieren. „Was haben Sie gesagt?" Die fremde Schulter war beharrlich, die dazugehörenden Augen schauten mit Mörderblick. Stumpf und stur stand die fremde Schulter Säm gegenüber. Er spürte eine altbekannte Angst, nicht die Angst vor dem anderen, sondern die Angst vor dem, was da war, immer da war, zumeist verdeckt, verborgen in ihm und in jedem. Säm lief einfach weiter.

Seitdem sie sich kennen gelernt hatten, ging Anna in Säms Wohnung (und Leben) ein und aus wie sie wollte. Manchmal blieb sie über Nacht, dann war sie wieder eine Woche weg, dann kam sie nur für eine Stunde, als wäre sie gerade in der Nähe gewesen und wolle nur einen kurzen Abstecher machen. Sie trafen keine

Verabredungen und so ergab es sich, dass Säm es ganz Anna überließ, wann und ob sie sich trafen. Es blieb unberechenbar und das gefiel Säm. Keine Verbindlichkeiten, keine Verpflichtungen, keine Fragen, kein Ärger! Das waren die unausgesprochenen Gesetze. War das nicht der beste Schutz, um jede Gewohnheit, jede Erwartung schon im Keime zu ersticken? Diesem Sich-Sehnen nach Bestand und Dauer in einer Welt des beständigen Wechsels! Und nicht nur das: Säm glaubte von vornherein das Terrain abstecken zu müssen, in dem menschliche Begegnungen, wenn überhaupt, nur möglich waren, und das hatte er ihr (und vor allem sich selbst!) gleich zu Anfang unmissverständlich erklärt. „Liebe ist doch nur eine Illusion", sagte er, „die zugegebenermaßen größte Faszination ausübt, aber letztlich doch nur Ausdruck einer großen unerfüllbaren Sehnsucht ist. Oder etwa nicht?" Anna hatte damals nur gelächelt. Wusste sie wohl möglich etwas, das er nicht wusste? Schon damals hatte Annas Lächeln ihn entwaffnet und vollständig wehrlos gemacht. Und nicht nur das: Seine hochtrabenden Sentenzen waren wie fragile gläserne Gebilde an einem Felsen zu einem Scherbenhaufen aus Worten zerschellt - ohne Bedeutung, ohne Zusammenhang. Und dann hatte er es wieder ganz deutlich gesehen: ein Trudeln und Schwanken, Wachs, der zu schmelzen und zu tropfen begann, Federn, mit größter Sorgfalt zusammengefügt, die löchrig wurden. „Ikarus, Ikarus, soll niemand sagen, dass du nicht alles versucht hast!"

Man sah sich nicht so oft und so hatte Säm genügend Zeit, sich ganz und gar seinen weltumspannenden philosophischen Kontemplationen hinzugeben. In der Welt seiner Studien hatte Anna sowieso keinen Platz. Und so sprang er kopfüber hinein in den Strom des Bewusstseins: Ja, man musste ihn durchschwimmen, ihn durchqueren nach allen Seiten, auf der Suche nach einem neuen Gedanken, nach einem neuen Eiland, nach Neuland. Das Amerika des Geistes entdecken. Terra incognita. Ein Kolumbus des Denkens und Erkennens sein. Sich ganz und gar dem Strom und den Fragen des Lebens aussetzen - was war faszinierender, was spannender? Und welch wunderbares Terrain man betrat! Oh, ihr unbekannten Sphären, jetzt kommt Säm, im weit gespannten Fluge durch den Äther. Hier, auf den höchsten Gipfeln des Geistes (im Engadin des Erkennens), hier wehte der beseelte Atem der großen Denker, Philosophen, Mystiker und Heiligen, durch alle Zeiten, alle Räume hinweg. Hier befand man sich in bester, in allerehrwürdigster Gesellschaft. Wehte die Luft auch noch so eisig und schroff, hier war das Ungewisse, das Unvorhersehbare, hier musste man bestehen, tapfer und kühn! War das nicht das einzig wirkliche Abenteuer, das es gab? Zu sehen, was es war: das Menschsein, das Mysterium, das Leben, das Bewusstsein des Lebens. Säm war wie berauscht. So konnten ganze Tage vergehen. Was war schon Zeit? Sie verstrich, sonst nichts. Säm würde sie hinter sich lassen, sie überwinden, um sich ganz und gar im Zeitlosen aufzulösen. „Ewig sein im Augenblick!"

Zwischendurch klingelte das Telefon. Ein süßer, wohliger Schauer durchfuhr ihn. „Anna?" Nein! Nicht Anna. Ferne, familiäre Bande. Die Ernüchterung folgte auf dem Fuße. Säm wusste, was jetzt kommen würde. Mit allem Nachdruck hielt er die Muschel des Hörers an sein Kinn. Er war gewillt, und zwar von vorneherein, alle Einwände, die aus der Ferne an sein Ohr rauschten und sein Leben betrafen, für nichtig zu erklären. Da könne man ihm sagen, was man wolle, dies und alles andere habe er schon längst selbst bedacht. Und aus diesem Grund war ein Ferngespräch dieser Art am besten genutzt, wenn er ohne Widerspruch und Unterbrechung die vielseitigen Aspekte seiner Existenz darlegte. Denn, was auch immer man ihm vor hielt, er alleine wisse doch am besten, was es bedeute, außerordentliche Gedanken, wie er sie nun einmal habe, zu erfassen einerseits, und neu zu ordnen andererseits. Er werde – und dies stehe felsenfest – sein Ziel, das er jetzt nicht in zwei Worte fassen könne, unerbittlich verfolgen. Dass er sich durchaus selbst etwas vormachen könne, liege im Rahmen des Möglichen - bei wem denn nicht! – sei aber zum gegenwärtigen Zeitpunkt keinesfalls wahrscheinlich. Er benötige nun einmal Zeit. Und nur von außen betrachtet, verstreiche diese Zeit nutzlos. Er alleine wisse ganz genau, dass sich in seinem Inneren Prozesse vollzögen, die, ähnlich bestimmter chemischer Reaktionen, nun einmal eine bestimmte Dauer benötigten. Als ob das keine Arbeit sei! Was am Ende dabei heraus käme, könne er erst sagen, wenn diese Art von – nennen wir es mal – Experiment abgeschlossen sei und die Formel seines Lebens klar und nachweisbar vor ihm stünde. Dass er dabei keinen Schritt voran käme, sei eine absolut antiquierte Betrachtungsweise, denn was bitte schön bedeute einen Schritt vorankommen anderes, als zu einer höheren Bewusstseinsstufe zu gelangen? Sein Gesprächspartner am fernen Ende der Leitung blieb skeptisch, beharrte auf Tatsachen, die Säm als solche nicht anerkennen konnte. Und nicht wollte! Das sei das letzte Mal, betonte die Stimme im Hörer, er solle sich schon mal darauf einstellen, dass die liebgewordenen, regelmäßigen Geldüberweisungen in absehbarer Zeit ihr natürliches Ende fänden. Denn auch im finanziellen Bereich vollzögen sich Prozesse, die, im Gegensatz zu Säms „inneren chemischen Reaktionen", schon jetzt klar und nachweislich in Form von Zahlen auf diversen Konten nachzulesen seien. Und die stünden nicht zum Besten. Endlich legte er auf. Das war noch mal gut gegangen!

Wer Säms Tatenlosigkeit als Faulheit interpretierte, der tat ihm unrecht. Auch Anna war es nicht entgangen, dass Säm „rumhing". Auch wenn er es die „Erforschung der Tagträume" nannte oder dergleichen. Sie blieb skeptisch. „Als würdest du ein Leben lang in den Startlöchern stehen und hättest schon längst den Startschuss verpasst!" Was wusste Anna schon! „Es gibt nichts zu verpassen!" - „Es gibt eine ganze Menge zu verpassen: das Leben!" Was wusste Anna schon! „Nun", sagte Säm, „dann warte ich halt auf die nächste kosmische Gelegenheit in das große Spiel einzugreifen, vermute, es wird eine Venus-Mars Konjunktion in Opposition zum Skorpion sein, befürchte, es kann noch einige Jahrhunderte dauern …". In diesem Punkt hatte es keinen Sinn mit Anna ernsthaft zu sprechen. Dass Säm sich dem Handeln verweigerte, hatte Gründe. Waren all diese Geschäftigkeiten nicht nur eine große Ablenkung, eine Flucht vor diesem scheinbar unerträglichen Mangelzustand „Mensch"?

Dann meldete sich Anna wieder. „Was machst du?", fragte sie durchs Telefon. „Ich enträtsele die Rätsel dieser Welt, was sonst?", antwortete Säm. „Und wie weit bist du schon?" – „Ich bin gleich soweit!" „Ich auch!", hauchte Anna ins Telefon und lachte. Sie konnte einen schon verrückt machen. „Komm, Anna, komm!" – „Ich komme!". Und dann hörte er ein gespieltes, lang gezogenes aufreizendes Stöhnen im Hörer.

Eine Viertelstunde später stand sie vor der Tür und wollte ihn zum Essen einladen. Griechisch. Säm hatte eigentlich anderes im Sinn gehabt. Doch wenn Anna sich etwas in den Kopf gesetzt hatte, kam man schwerlich dagegen an. Nach mehreren Gläsern Retsina und einem fischigen Allerlei, das Anna geglaubt hatte, sich gönnen zu müssen, balancierte sie nun mit ausgebreiteten Armen auf dem Bordstein. Es hatte geregnet. Und die Lichter der Stadt spiegelten sich im Nass der Trottoirs und der Straßen, in den vielen kleinen Pfützen, in den Abermillionen, noch viel kleineren Wassertropfen und in den unzähligen allerkleinsten Wassermolekülen. Anna balancierte wie eine Seiltänzerin unter der Kuppel des Zirkusdaches, unter ihr Dunkelheit, gespanntes Schweigen, Trommelwirbel und dann der brausende, stürmische Applaus. „Wirst du mich halten?", fragte sie, „Wenn ich das Gleichgewicht verliere, wenn das Seil reißt, wenn die Erde wankt?" Und dann lachte sie. Anna war angetrunken und konnte richtig poetisch werden. Säm fühlte die klare Nachtluft und einen Moment der Erhabenheit. „Ich werde dich auffangen", sagte er, „im Fluge!" Auch Säm war angetrunken und hatte das Gefühl zu schweben. „Anna!", rief er, „Oh Anna!" Er rief es die Straße hoch und runter, 'gen sternenlosen Himmel und 'gen Häuserfronten. Anna drehte sich um und lachte, als sie Säm sah, der, ohne es zu merken, wie ein kleiner Junge immer wieder in Pfützen trat und sich dabei die Hose schmutzig machte.

„Du wirst mich um meinen Verstand bringen", sagte Säm, während sie sich, in seiner Wohnung angekommen, gegenseitig auszogen. „Wäre nicht das Schlechteste für dich!" Mit Anna zu schlafen war ein Glück. Wenn sie sich berührten, war dies wie ein Zwiegespräch zwischen ihren Körpern, vertraut und alt bekannt. Keine noch so flüchtige und beiläufige Berührung blieb unbeantwortet. Es schien ganz natürlich und selbstverständlich und doch waren beide davon überrascht, wie sehr sich ihre Körper verstanden. In Säm stiegen Bilder auf wie aus längst vergangenen Zeiten, tief in ihm schienen sie vergraben gewesen zu sein, als gäbe es eine Erinnerung an etwas, das man noch nie erlebt hatte. Jede Berührung, jede Bewegung sagte etwas, erzählte etwas, bat um etwas, wollte auf etwas hindeuten und es kamen Antworten, überraschend, bestätigend, provozierend, fordernd. Ein Spiel und ein Tanz, ein Zwiegespräch aus Leidenschaft und Zärtlichkeit. Jede Geste, jede Berührung, jeder Blick, jede Bewegung pflanzte sich fort. Säm fühlte sich als sei er nach einer langen Reise endlich angekommen. Dann immer wieder ein Innehalten, ein nicht, ein noch nicht Nachgeben. Es gab keine Widerstände. Anna gab sich ganz hin, drängte ihm entgegen. Doch selbst jetzt noch kam ein Gedanke, selbst jetzt noch spürte Säm dieses unmögliche Wollen, zu verschmelzen, zu vergehen, sich aufzulösen. Anna umfasste seinen Rücken, drückte seinen Unterkörper fest gegen den ihren, während Säm ihren Mund suchte und fand, dabei ihren Kopf zärtlich in die Hände nahm. Er liebte es, ihr dabei in die Augen zu schauen, tief in die sich geweiteten schwarzen Pupillen. „Jetzt!", rief Anna, „Jetzt!" Und dann hörte Säm einen Schrei, der alle

Töne und Stimmungen zwischen Lachen und Weinen, Lust und Schmerz, Freude und Traurigkeit miteinander verband. Jetzt! Etwas anderes gab es nicht. Nie!

Es war schön öfter vorgekommen, dass Anna nachts nach Hause wollte, selbst nach erfüllenden Liebesnächten. Säm hatte dem keine große Bedeutung beigemessen, hatte es nie hinterfragt. Manchmal hatte auch er selbst den Wunsch verspürt, alleine zu sein. Vielleicht war es manchmal einfach zu viel Nähe oder doch mehr als er vertrug. Eine Nähe, die etwas versprach, was ohnehin unerfüllbar schien. (Wie entstehen bloß Wünsche der Unmöglichkeit?). Doch in dieser Nacht war es anders. Als Anna sich anschickte aufzubrechen, ihre Klamotten zusammen zu suchen und sich anzuziehen, beobachtete er sie dabei und fragte sich insgeheim, warum sie nicht blieb. Er bemerkte wie er darüber ein Bedauern, ja, einen Schmerz verspürte. Vielleicht war es auch eine Art Vorbote, eine Vorahnung, auf das was kommen würde. Doch darüber zu sprechen, verbot sich von alleine, denn sie hatten ja ihre Spielregeln. So kleidete er sich auch an, schweigend und darum bemüht seine Bedrückung zu verbergen. Er musste sich immer wieder neu eingestehen, dass Anna ihm letztlich doch ein Rätsel blieb, aber vielleicht schütze sie sich genauso vor einem inneren Absturz wie er selbst es tat. Ja das war gut möglich. Aber wie hätte man darüber sprechen sollen, wie dieses Rätsel lüften? Und wer wollte das? Und wozu? So begleitete er Anna zum U-Bahnhof, bemüht locker und desinteressiert zu wirken, war dabei recht einsilbig, während Anna bemüht heiter schien.

„Vielleicht bist du ja ein verwunschener Prinz!", sagte sie wie aus dem Nichts. „Oder ein verwunschener Frosch?", antworte er desillusioniert. Anna lachte. „Und du?" „Na was wohl? Ein Engel, natürlich! Mit Säm Spezialauftrag! Und der ist wohl erst mal gescheitert!", dachte Säm, sagte es aber nicht. Etwas lag in der Luft, etwas wie Abschied, wie Einsicht in etwas, das einfach nicht funktionieren will, das keine Zukunft zu haben scheint. Und es machte ihn noch trauriger. Anna küsste ihn liebevoll und leidenschaftlich. Als würde sie seine Gedanken hören. Und ihr Kuss schien wie ein Kuss gegen den Lauf der Dinge, gegen das Unvermeidliche, und Unmögliche. Dann war sie weg. Wieder einmal.

Es kam angeschlichen wie eine Krankheit und es war auch eine. Die Köder waren ausgelegt, lockten gemein und hinterlistig, fanden den Weg zu den schwächsten Punkten der Seele. Die Falle war aufgestellt, geduldig bis zum Tod, bereit zuzuschnappen. Dabei hatte Säm sich doch vorgenommen, nie wieder hineinzutappen in die Fangarme des Unmöglichen. Doch begann es dann draußen zu dämmern, fahles Licht, das sich in den Wohnungen festsetzte, zugezogene Gardinen, das Geräusch von Jalousien, die heruntergelassen wurden, das schattenlose Flimmern von Fernsehgeräten und Bildschirmen, die nun reihenweise angeschaltet wurden, Stimmen und musikalische Untermalungen, die von benachbarten Wohnungen durch die Wände an Säms Ohr drangen... da formierten sie sich, eine Phalanx lästiger, kindischer, uneinschätzbarer Gefühlsmischungen, in nicht zu überschauenden Konstellationen und Querverbindungen. Sie kamen aus allen Himmelsrichtungen, aus allen Zeiten, in stets wechselnden Konsistenzen, zusammengesetzt aus fernen Erinnerungen, längst überwunden geglaubten Traurigkeiten, einstigen Wünschen, Hoffnungen, Bildern vergangener Vorstellungen, die nie eingetroffen waren und, so schien es, ihr Eigenleben führten. Damals, als man sich Zukunft noch ausmalte, als man zu riechen meinte, dass Heldentaten und großartige Ereignisse in der Luft lagen, sich ankündigten, einen anwehten, fast mythenhaft, über Jahrhunderte, Jahrtausende hinweg... Es überrannte ihn von allen Seiten, nicht klar, nicht rein, in allen erdenklichen Aggregatzuständen, gärend, brodelnd, weder Wasser noch Wein, schlichen sich ein, kamen angehuscht wie Insekten, Mücken, Ameisen, surrend, krabbelnd, zirpend, nichts war lästiger und man hatte alle Hände voll zu tun, sie sich vom Leib zu halten. Säm hatte sich dabei erwischt, dass er mitunter stundenlang tagträumend auf seinem Bett lag, und sein inneres Auge offensichtlich nichts Besseres zu tun hatte als Bilder von Anna abzuspulen. Da war es also schon, trotz aller Vorsichtsmaßnahmen, die ersten Anzeichen einer scheinbar nicht zu heilenden Krankheit. Was war Sehnsucht? Und was nützen alle Anstrengungen des Geistes, wenn man nicht mal sein vegetatives Nervensystem im Griff hatte? Schon wurden in den Fenstern gegenüber erste Lichter ausgeknipst, Frühaufsteher schickten sich an Kräfte zu sammeln für einen neuen Tag. Doch wie an den nächsten Tag denken? War doch dieser nicht begriffen, geschweige denn überstanden! Ja, er hätte diesen selbst gebauten Lenkdrachen aus Wachs und Federn, der irgendwo zwischen Ozean und Sonne auf und ab trieb, auf Kurs halten müssen, Richtung Festland, den rechten Abstand finden zwischen den Elementen des Feuers und des Wassers, ja, er hatte sich überschätzt, er spürte es genau, seine Kräfte schwanden. Nichts schützte uns vor dem Morgen – es sei denn, der Tod.

Anna war kurzerhand verreist. Spontan. Für ein paar Tage oder eine Woche. Nach England. Mit einem alten Freund. Sie hatte ihn kurz angerufen und es ihm gesagt. „Keine Fragen!", hatte sie dann noch durch den Telefonhörer geschleudert. Und da hatte Säm gewusst, dass sich etwas geändert hatte. Denn stillschweigend miteinander überein zukommen, sich keine Fragen zu stellen, war das eine, aber glauben, daran erinnern zu müssen – und das mit Recht, denn Säm lag es auf der Zunge zu fragen – war etwas anderes.

Anna war an der Küste. Wind blies, Wasser preschte an ausgefurchtes schwarzes Gestein, kleine schäumende Rinnsale, erstaunt darüber zurückgeblieben zu sein, suchten sich ihren Weg zum Meer, bis die nächste Welle kam. Da waren Fischer, die Stunde um Stunde an ihren Netzen und Booten schweigend herumhantierten, in ihren Mundwinkeln selbst gedrehte Kippen, die nicht mehr pafften, geduldig mit sich und dem Tagwerk. „Ja, ein einfaches Leben führen", dachte Anna, „das war was - für später." Und die jungen Männer, die nach ihr pfiffen, ihr nachschauten, sie einluden, mit ihr flirteten. Die Tage vergingen wie im Fluge. Spaziergänge am Meer, nasse Füße, Sand in den Schuhen, Wind um die Ohren, Salz auf der Haut, zum Frühstück Omelette und abends dunkles, starkes Bier und in den Kneipen Flipper spielen. Die Stadt war weit weg. Säm auch. Oder auch nicht. Sie musste immer wieder an ihn denken. Anna hatte eine Handvoll Mu-scheln, die sie vor sich legte, stand in einem Telefonhäuschen und überlegte, ob sie Säm anrufen sollte oder nicht. Sie würde die Antwort den Muscheln überlassen, und fing an sie in zwei Häuf-chen zu teilen. Blieb eine Muschel übrig, würde sie anrufen. Mit einer Muschel in der Hand nahm sie schließlich den Telefonhörer ab und wählte Säms Nummer. Doch niemand ging ans Telefon. Sie ging wieder zurück in den Pub, umschwirrt von Rufen „Ann, come on lets drink together …", „hey Ann…you angel, you …" Schnell hatte sie sich befreundet mit den Jungen aus dem Ort, die sie zum Teil schon von früheren Besuchen kannte. Ihr alter Freund war wirklich ein alter Freund, der hier lebte und den sie ab und an besuchte.

Das Telefon riss Säm aus dem Schlaf. „Well Mr. Säm, how are you my dear?" Anna hatte ihn noch mal angerufen, stand in der Telefonzelle, spielte mit der kleinen schwärzlich glitzernden Mu-schel in der Hand, schaute dabei hinaus aufs Meer und lauschte in den Hörer. Dieses Mal hatte sie Säm erreicht. „I am", antwor-tete Säm illusionslos. „Ich muss an dich denken. Schlimm, was?", sagte Anna. „Schlimm", antwortete Säm ohne recht zu wissen, was es zu sagen gäbe. „Und du?" – „Auch schlimm". Dann war ein Moment des Schweigens. „Hörst du das Rauschen?", fragte Anna. „Ja", sagte Säm. „Ich meine natürlich das Meer", lachte sie, „die Wellen!" Dann öffnete sie die Tür der Telefonzelle und hielt den Hörer nach draußen in den Wind. Einige Möwen schrien, und die Brandung grollte. Säm hörte das Rauschen des Telefons, das Rauschen des Meeres, das Rauschen des Windes und, so kam es ihm zumindest vor, das Rauschen des Blutes in seinem Körper.

Er ahnte, dass Anna eigentlich gar nicht recht wusste, was sie mit ihm reden sollte. Und er, er wusste es auch nicht. „Ich vermisse dich sogar manchmal", sagte sie, „wenn du nur nicht so ein Verrückter wärst." „Ja", sagte Säm, „besser wir reden nicht drüber, was?" - „Ja", sagte Anna, „besser ist das!" „Ach, Anna", sagte Säm, „I am lost... in time and space and meaning!" „Doch so schlimm?", und nach einer kleinen Pause fragte sie: „Was kann ich tun?" „Da gibt's nur eins: Mich heiraten, mich ernähren, mich pflegen und für mich da sein für den Rest meiner Tage..." „Na, wenn das alles ist...!" „Du ...", sagte sie, „ ... es ist gleich Schluss... die Münzen... in drei Tagen werde ich... " Und klick, weg war sie. Aber weder in drei noch in fünf noch in fünfzehn Tagen hörte er etwas von Anna. Dann kam ein Brief von ihr mit einer eingeklebten kleinen schwärzlich glitzernden Muschel und einem kurzen Text darüber, dass sie jetzt auf die andere Seite der Insel, nach Irland, „geflogen" sei, wie das Leben eben so spiele, und dass es ihr vorkomme, als habe sie schon mal in Irland gelebt, so vertraut sei die Landschaft... Und zum Abschluss: „Ich dachte immer, du weißt es: Ich bin ein Zugvogel und für manche natürlich ein Engel!" Dahinter hatte sie einen Smiley gesetzt. Monate hatte es gedauert, bis Anna wieder zurückgekehrt war.

Säm hatte sie sporadisch versucht zu erreichen, anfangs öfter, später seltener, aber ganz aufgehört hatte er nie damit. Eines Nachts dann, in einem Moment der Tiefe und Schwere, als seine Schlaflosigkeit ihm nicht mehr als eine Qual erschien, sondern auf sonderbare Weise beinahe als ein Segen, als würde sich ihm erst jetzt - in der dunklen Stille und Einsamkeit - die ganze Erhabenheit der Nacht offenbaren, da war in ihm eine Möglichkeit entstanden, eine Idee, eine Vorstellung, ein Funke, der sich entfachte, sich hell in ihm ausbreitete und mit einem Mal die ganze Situation neu beleuchtete. Ein Gedanke nur, aber was für einer! Verführerisch und grandios. Je mehr er es bedachte, je mehr er alles zusammenzählte, was ihm bis dahin in seinem Leben begegnet war, je genauer er wirklich vom Grunde her all die Bewegungen seines Lebens betrachtete – und das in dem Wissen, dass doch wirklich niemand, kein einziger Mensch, eine Situation je in ihrer ganzen Bandbreite und Dimension vollständig überblicken konnte – dann, ja dann ... Was also, wenn es doch so etwas wie eine Bestimmung gab? Was also, wenn Anna und er im tiefsten denkbaren Sinne schicksalsmäßig zusammengehörten? Ja und was, wenn es etwas in ihrer Begegnung zu erfüllen galt, das weitaus größer war als ihr beider Einzelschicksal, bedeutend vielleicht in einer ganz umspannenden unabsehbaren Weise? Wer konnte es wissen? Der Gedanke war groß – und, ja, er war willkürlich und, ja, rührte auch aus einer tiefen Verzweiflung – und Hoffnung! - und, ja, er half die Zeit zu überbrücken. Ein Mal noch wollte er sie sehen! Denn was, wenn sich am Ende alles doch noch zum Guten wenden würde?

Doch für Anna war ihr Treffen, so schien es Säm nun, nur ein retardierender Augenblick in ihren zielstrebigen Lebensbewegungen gewesen, eine nicht zu umgehende Verzögerung. Schon machte sie sich zum Gehen bereit und blühte in ihrer gewohnheitsmäßigen Geschäftigkeit wieder auf. Sie wollte es jetzt kurz machen, „es" hinter sich bringen. Schon war sie aufgestanden, strich ihr Kleid zurecht, parierte dabei noch mal einen Blick des

Kellners, dann zückte sie aus ihrer Handtasche einen kleinen Spiegel, klappte ihn auf und zog in geübter Bewegung mit feurigem Rot ihre Lippen nach. Säm spürte seine Beine bleischwer werden, etwas nahm ihm den Atem, in seinem Hals stockte Blut, sein Magen verkrampfte, kurz war ihm, als müsse er sich übergeben. Dann wurde ihm heiß und kalt, und er konnte ganz genau fühlen, wie sich kleinste Schweißtropfen auf Stirn und Schläfen bildeten. Ein grauer Nebel zog herauf, und die Welt um ihn herum versank darin für einen Moment. Er hatte in den letzten Nächten so gut wie nicht geschlafen und gerade jetzt machte sich die ganze Erschöpfung bemerkbar. Mehrere Male durchfurchte er mit seinen Händen Gesicht und Haar und sprang schließlich von seinem Stuhl auf. Anna drückte ihm einen flüchtigen Kuss auf die Wange, als wäre alles so wie immer. Und dann war sie zurück in die sich bewegende Welt geströmt. Säm, unfähig noch etwas zu sagen, schaute ihr nach, oder besser dem ganzen Geschehen: Er hatte nicht sie gesehen, sondern den sie umgebenden Raum und ihm schien als sei sie von einem Moment zum anderen sofort und unmittelbar verschwunden, wie vom Erdboden verschluckt. Weg war sie. Einfach so. Etwas wankte. Aus irgendeinem Grund dachte er, dass es ein Abschied für immer war. Und kurz versuchte er zu ermessen, was dies bedeutete. Doch „für immer" war nicht Bestandteil der menschlichen Vorstellungskraft und reichte über jedes menschliche Zeitmaß hinaus. „Für immer" war weiter weg, als das Zeitalter der Dinosaurier und entfernter als die Marsbesiedelung durch die Menschen. Vielleicht, wenn man es genauer betrachtete, als Zeiteinheit gar nicht existent. „Für immer" war länger als Lichtjahre sein konnten und, genau betrachtet, größer sogar als das gesamte Universum. Da musste man schon ganz grundlegend Dimension und Perspektive wechseln, um nicht zu erschaudern.

Es war soweit: der Wendepunkt in Ikarus' Reise war gekommen, „the point of no return" erreicht. Das Wachs schmolz, noch während er von den Luftströmungen getragen wurde. Er hatte es an den Rändern seines Gesichtsfeldes gesehen und sofort als Lebensgefahr erkannt. Dann hatte er mit all seiner Lebenskraft versucht dagegen anzusteuern, Abstand zu gewinnen von der todbringenden, unerbittlichen Sonne, die für alle anderen Wesen der Erde wohlwollendes und lebensspendendes Gestirn war. Für ihn jedoch war sie der Tod. Jedes noch so kluge Gegenmanöver wurde von den Schicksalskräften, die über ihn schon längst entschieden hatten, pariert. Und dann war er gekommen, dieser grausame Moment, wo er einsehen musste, dass etwas stärker war, als all sein Wollen und Können, als all sein Wünschen, seine Kräfte und als sein verbürgt geglaubtes Recht auf eine Zukunft... In einer harmlosen schiefen Gerade begann der Absturz, der nach bestimmten Gesetzen der Relation von Masse, Bewegung und Schwerkraft immer mehr an Geschwindigkeit zunahm. Wie ein willenloses Etwas baumelte er schließlich im Sinkflug an seinem untauglich gewordenen Fluggerät und fiel in den kalten einsamen Ozean, ohne Rettungsring, ohne Schwimmflügel, ohne Hoffnung. Hatte man je wieder etwas von ihm gehört? Wurde an den Gestaden der Ägäis, auf den Schiffen und Dampfern der Meere oder den Häfen dieser Welt je sein SOS empfangen? Ikarus, Fluguntüchtiger, vom Himmel Gefallener, Verkannter, Missverstandener,

Unglücklicher, dem alle Welt andichtete, er hätte sich zu weit in die Höhe gewagt, dabei: Hatte er nicht vielleicht einfach nur eine falsche Windböe erwischt?

Säm war nach dem Treffen mit Anna auf dem kürzesten Weg nach Hause geeilt, ohne den Blick vom flimmernden Teer der Straßen, den grauen Steinplatten der Trottoirs zu heben. Manchmal nur schnellte sein Kopf nach oben, um die ungefähre Richtung des Weges auszumachen. Was er sah, war unerheblich, eine verwischte, unscharfe Welt, ein nebeliges in allen Farbfacetten vermischtes, verschwommenes Allerlei, in das sich bunte Kopftücher, schwingende Einkaufstüten, fahle und gerötete, junge und alte Gesichter, huschende, eilende Beine, lärmende Autos, Haussilhouetten in allen Variationen wahllos miteinander vermengten. Säm wollte es so schnell wie möglich hinter sich lassen. Er wollte nichts sehen. Es gab nichts zu sehen. Nur ein sich bewegendes und sich dennoch stets gleichendes Bild. War es nicht eins auf der Stelle zu laufen oder voranzukommen? Eine etwas rundliche, beleibte Dame mittleren Alters hatte nun schon über mehrere Ecken, Straßen und Plätze hinweg im stets gleichen Tempo und Abstand zu ihm den gleichen Weg wie er zurückgelegt.

Eigentlich hatte er nicht darauf geachtet, er sah sie hin und wieder in seinem rechten oberen Blickfeld: unförmige Absätze zweier klobiger Schuhe, die sich in einem trippelnden Staccato abwechselnd vom Boden abzustoßen schienen, sah eine beige altmodische Strumpfhose, einen flatternden, etwas heruntergekommenen Trenchcoat, der von einem Stoffgürtel zusammengehalten wurde, dessen beide losen Ende rechts und links von der

Körpermitte wie kleine Hüpfseile in der Luft hin und her sprangen. Damit war der oberste Rand seines Blickfeldes erreicht und alles andere lag außerhalb seines Interesses. So konnte er nicht sehen, dass sich die gehetzte Dame immer öfter begonnen hatte nach ihm umzuwenden, dass ihr Gesicht dabei rot angelaufen war, während ihr Gang immer angestrengter geworden war, bis sie schließlich an einem Schaufenster stehen blieb und Säm rechtes oberes Blickfeld für andere Nichtigkeiten freigab. Säm hob kurz den Kopf, erheischte dabei einen unsicheren, Angst erfüllten Blick und sah, dass die Dame ihre Handtasche, der man ihren Gebrauch ansah, fest an ihren Bauch drückte. Doch war er in diesem Moment nicht in der Lage eine Verknüpfung herzustellen zwischen dieser Frau, die halb abgewandt zu ihm schaute und ihm selbst. Erst einige Meter später kam ihm der Gedanke, dass sie sich vermutlich von ihm verfolgt gefühlt hatte. Wie oft es wohl jeden Tag geschah, dass scheinbare Bezüge von Ursache und Wirkung Missverständnisse entstehen ließen, die einfach nie geklärt werden konnten? Säm stürzte weiter voran über Trottoir und Straßen. Kurz war ihm, als wolle der Schritt seinen Beinen entfliehen, beinahe so wie auf diesen futuristischen Gemälden. Vielleicht war es auch eine Art des Verschwimmens mit der Umgebung. Als würde die Geschwindigkeit der Schritte, die einen bestimmten Rhythmus hatten, es darauf anlegen, den Beinen, die diese Schritte ausführten, zu entkommen. Als hätte sich um eine nicht messbare, minimale Zeiteinheit die Deckungsgleichheit von Absicht und Ausführung, von Befehl und Bewegung verschoben. Zuhause angekommen warf Säm sich auf sein Bett und verwühlte sich in das Gewirr von Kissen, Decken und Laken.

„Diese Frau macht mich wahnsinnig", sagte Säms Tischnachbar. „Sei doch froh!", schallte es von der Bar herüber. Gelächter folgte. Säm schwieg. „Und Säm, was gibt es bei dir neues?" Säm war hier kein Unbekannter, so manche Nacht hatte er hier schon verbracht. „Überstehen ist alles, Freunde!", sagte er mit gespielter Geste. „Eine Runde!" Tagsüber, da kämpften die Menschen an gegen die Widerstände und Hürden des Daseins, begehrten auf gegen die Widrigkeiten des Alltags, wollten mit allen Mitteln dem Schicksal ein Schnippchen schlagen, mühten sich und sorgten sich, bauten vor, trotzten und wehrten sich, nachts aber, so schien es, nachts in den Bars und den Kneipen, an den Tresen, da ergab man sich. Dem, was der Tag gewesen war, war nun nichts mehr hinzuzufügen. Das Zurückliegende war nicht bestechlich. Es gab keine Wiederholung. Hier am Tresen konnte alles unwichtig werden, nur nicht, dass man selbst hier und jetzt genau an diesem Punkt in seinem Leben angelangt war. Das Vergangene, das ganze Leben, jetzt in diesem einen Moment komprimiert, Erinnerungen zusammengepresst zu einer Essenz erschreckender Klarheit und Gegenwärtigkeit, in der alles zusammen zu fließen schien. Die Maske des Tages zur Seite gelegt. In der Nacht wurde das Leben neu beleuchtet, neu gesehen, neu verstanden. Alles, was man tagsüber versucht hatte hinter sich zu lassen, zu entwischen, jetzt hatte es einen im Schlepptau, fest vertaut, verschnürt, zusammengezurrt…

„Noch eine Runde!" Und jeden erwischte es mal. Jeden. Zumeist dann, wenn man am wenigsten damit rechnete. Arithmetik des Schicksals, vielleicht auch nur ein Zufallsgenerator. Wann sich die Unterwelt öffnete, wann das Schattenreich seine Boten entließ, um einen diesen schrecklichsten aller Spiegel vorzuhalten, wann sie einem Taggesicht und -köstum entrissen, all die Masken und Maskeraden entlarvten, das war ungewiss. Sicher war nur: Einmal würde es geschehen. „Verstehst du das? Verstehst du das?… und dann sagte sie zu mir, ich soll meine Sachen packen… einfach so… von heute auf morgen…verstehst du das?". „Und dann sagte er mir: Du hast es nicht anders gewollt! Und ich frage ihn: Hast du mich jemals gefragt, was ich will? Ein Mal?" Mensch, versteh ich dich? Mensch, verstehst du mich? „Noch eine Runde!" Spät nachts bis zum Morgengrauen wird ausgesprochen, ausgelacht, ausgeheult, ausgekotzt, aber auch ausgedacht und ausgesonnen, Pläne und Vorhaben, die sich mit dem kalten Rauch des Morgens verflüchtigen, der Konjunktiv, der einem Möglichkeiten vorgaukelte, endgültig entlarvt als Unmöglichkeitsform. „Hätte ich nur …!" „Wäre ich doch …!" „Könnte ich nicht …?". Fallstudien des Lebens – könnte nicht alles auch ganz anders sein? „Noch eine Runde!" Reden, über irgendetwas, nur nicht den Kontakt verlieren, war er auch noch so dünn, so vage, war er auch gar nicht da, außer durch Schallwellen, die auf unsere Trommelfelle stießen, dort widerhallten – menschliche Laute, zu kleinsten Bedeutungseinheiten geformt, sprachliche Stolpersteine, bedeutungslos, auch diese wunderbare menschliche Gabe vertan…

„Dabei ist das doch eigentlich alles irgendwie nur ein Softwareproblem, oder findest du nicht?" „Ähhh …was hast du gesagt?" „Noch eine Runde!". Hörte man überhaupt zu? War man dazu überhaupt in der Lage? Sprach es in einem selbst nicht schon mehr als man ertragen konnte? Mensch, versteh ich dich? Mensch, verstehst du mich? Man schien unerreichbar füreinander. Und man wollte einfach nicht nach Hause. Noch war alles möglich. Noch flirtete man mit Möglichkeiten, die nur jetzt, für diesen, nur für diesen einen Moment greifbar schienen. Neuanfänge, Abbrüche, die Sterne zum Greifen nahe, alles war möglich, eigentlich. Trunken, nicht nur vom Alkohol, trunken von dem weiten Blick, von der Möglichkeit eines Lebens außerhalb des eigenen. Die Erde, man vergaß es tagsüber allzu leicht, nein, sie war doch gar keine Scheibe, auf der man sich im Kreis zu drehen schien! Nein, noch nicht nach Hause… noch ein bisschen schwelgen, noch ein bisschen fliegen… auch, wenn man es bereuen wird, morgen, ach, morgen, obwohl es schon dämmerte, der Morgen war so weit weg. „Letzte Runde!" Jetzt bloß nicht umkippen, dem nachgeben, was in einem rumorte. Was geschähe, wenn jeder sein Leiden vor sich selbst und den anderen ausbreitete? Wir fielen wohl ins Bodenlose. Zwischendurch dann blitzte es auf, eine Umarmung, ein Klaps, eine Geste zwischendurch, da blitzte es auf, dass wir so unterschiedlich gar nicht sind, dass wir ja doch eigentlich das gleiche ersehnen und wünschen und hoffen. „Mensch, du!" So torkelte Säm nach Hause. Er war nicht alleine mit seiner Einsamkeit.

KAPITEL ZWEI

„Nichts scheint mir sicherer als das nie Gewisse."
Francois Villon, Die Ballade von den Vogelfreien

Mein Dämon ist ein Hundesohn.
Er sagt: „Renne, flitze, beeile Dich!"
Ich renne, flitze, beeile mich.
Ich frage ihn: „Wohin geht's denn so schnell?"
„Na nirgendwo hin!", schreit er, „los schneller!"
„Ich kann nicht mehr!", sage ich.
„Na, also!", sagt er, „es geht doch!"

Der große weite Sternenhimmel. Die Unendlichkeit. Die Unwissenheit. Das All. Das Nichts. Säm. Mit geschlossenen Augen, im Kokon des Halbschlafes, fühlte sich Säm halbwegs sicher, ja manchmal sogar wohl und geborgen. Die Welt auf der anderen Seite der Augenlider war wie eine Wolke, die vorüber zog, womöglich war sie ja auch nur die Spiegelung einer fremden Fantasie – nicht mal der eigenen – und vielleicht war da nichts, rein gar nichts.

Gedanken. Sie kamen und gingen. Sonst geschah nichts. Zumindest sah es so aus. Säm ließ sich treiben, ließ sich von ihnen fort tragen, überließ sich ihnen ganz und gar. Zeit, die sich von alleine ausfüllte. Aufmerksamkeit, die sich selbst ausrichtete oder auch nicht, sich verlor, auflöste im nicht Nachvollziehbaren. Gedanken. Der Körper. Das Pochen des Herzens. Der Atem. Warum ist der Himmel blau? Fragen. Und keine Antworten. Keine letztgültigen. Fühlen. Spüren. Nachsinnen. Was das wohl ist - das alles? Die Oberfläche und das Dahinterliegende. Gibt es einen

Grund? Fühlen. Auch die Widerstände. Empfindungen, die sich verästeln. In Biegungen und Abzweigen, sich wie feines Wurzelwerk verlaufen. Ob sie wohl am Ende immer im Gleichen münden? Welche Sehnsucht, welche Art von Schmerz verbarg sich hinter alledem? Ob es stimmte, dass in den Zellen des Körpers unsere gesamte Vergangenheit abgespeichert war? Vielleicht sogar die der gesamten Menschheitsgeschichte? Wo war die Quelle? Gab es einen Beginn? Das haltlose Dasein fühlen und das stetige Bedürfnis danach zu greifen, nach dem Leben, dem Jetzt, den Anderen. Würde sich je zeigen, was scheinbar verborgen lag? Gab es darauf Antworten? Oder waren es immer nur Vorstellungen? Und wenn! Woher kamen die Vorstellungen? Und woher die Fragen? Warum gab es sie überhaupt? Sich fühlen. Wenn es still ist. In der Nacht. Sich fühlen, noch hinter den Erinnerungen, hinter den Sehnsüchten, hinter dem Schmerz und den Traurigkeiten und diesem scheinbaren Bedauern, über das, was vergeht, vergangen ist, verloren scheint. War es vielleicht einfach das? Die Ohnmacht gegenüber dem Vergehen? Und dann immer wieder der Himmel, der sich verändernde, und die Gedanken, die wie Luftblasen, wie kleine wachsende Wolken nach oben schwebten, sich über einen hängten und voller Unverständnis auf das blickten, was geschah… . Warum ist der Himmel blau? Und: was ist blau? War es nicht so: Nicht einmal die einfachsten Dinge verstanden wir, waren umgeben von Geheimnissen und Wundern, und sahen sie nicht mehr!

Andere verzogen sich in den Himalaya, in dunkle einsame Höhlen, Säm würde seine Wohnung zu einer Himalayahöhle machen! War es nicht ganz gleich, wo man war? War man nicht immer und überall doch nur sich selbst ausgesetzt? Sich selbst und der Zerbrechlichkeit jedes einzelnen Moments? Säm hatte es satt. Endgültig! Er würde sich ohne Wenn und Aber all dem stellen, was schon ein Leben lang in ihm rumorte und brodelte. Vielleicht war er verrückt, vielleicht würde er es werden. Egal. Er würde es herausfinden und sich „dem" stellen, was das Unerträglichste schien: sich selbst. Ab sofort würde es nur noch einen Menschen in seinem Leben geben: ihn. Und das würde so lange so bleiben, bis er wüsste, was es ist: das Leben. Ab sofort würde es keine Ablenkung mehr geben, keine Ausflüchte, keine Ausreden. Nichts, bevor er nicht etwas Entscheidendes ans Tageslicht befördert hätte. Nichts, bis etwas ihm ganz eindeutig die Richtung zeigte, etwas mit Gewicht, Kraft, Klarheit. (Ein neuer Stern vielleicht!?)

Was war Einsamkeit? Etwas Bestimmtes? Etwas Unbestimmtes? (Eine Einsamkeit!) Er würde seine Wohnung nicht mehr verlassen, bis er dem Leben die wichtigsten Antworten abgerungen hätte. Ein für alle Mal, und dieses eine Mal für immer! Mein Gott, war es nicht ein Hohn, ja, fast demütigend, all den inneren Impulsen immer nur zu folgen, ohne zu wissen, woher sie kamen? Was steckte dahinter? Chemische Verbindungen, elektronische Wellen, hormonelle Verschiebungen, traumatische Prägungen, emotionale Vermeidungen, neurotische Muster, ... ? War der Mensch gar nur ein Spielball, der, angezogen von den unterschiedlichsten Magneten, in diesem bunten und lauten Flipperautomaten genannt „Leben" und „Welt" sinnlos hin und her flutschte? Oder waren wir einfach nur ferngesteuert? Die Simulation einer anderen fremden Intelligenz? Wer wusste es? Nein, es reichte jetzt! Das Spiel war zuende!

Es würde keinen Umweg mehr geben, keine Ausreden und es würde der letzte Versuch sein. Wenn es jetzt nicht gelang, dann würde es nie mehr gelingen:

Durch die Einsamkeit gehen, um sich selbst zu bergen, durch das Verloren-Sein, um sich selbst zu finden

„Ich werfe meine Gedanken ins Land. Eigentlich überall hin, wohin ich auch schaue. Ganz planlos in jede Richtung. Ich vermute, meine Gedanken sind nichts weiter als Seile mit kleinen Widerhaken, und ich werfe sie aus wie Angeln oder kleine Anker, dass sie sich verfangen und mir Halt geben mögen in dieser unsteten, sich stets verändernden Welt. Manchmal aber auch werfe ich sie mit Wucht, in gerader Linie, so wie man vielleicht einen Schneeball wirft, der an die Wand klatscht, und dann in verschieden große Brocken zerfällt. Doch meistens werfe ich sie eher in hohen Bahnen, ohne bewusste Absicht, und in dem Raum zwischen mir und dem erahnten, erwünschten Ziel bleiben sie dann stecken und verflüchtigen sich, so als sei der Raum eine geleeartige Masse oder aber der Gedanke selbst eine Art Feuerwerkskörper, der brennt und sich während des Fluges in Rauch auflöst. Und wenn ich es mir genau überlege, kann ich nicht einmal sagen: „Ich tue es", sondern eigentlich geschieht es von ganz alleine, ohne mein Wollen.

Werde ich je ankommen? Ja, etwas beunruhigt mich. Soll ich

sagen, etwas macht mir Angst? Die Welt? Oder vielmehr ganz all-
gemein die Tatsache, dass es diese Trennung von mir und der Welt
gibt – zu geben scheint – und diese lebenslange Unwissenheit
über den wahren Grund des Daseins? Dann habe ich das Gefühl,
ich bestehe nur aus dem Bedürfnis nach Halt, nach Wärme, nach
Gewissheit, und alles in mir ist in diesem Bedürfnis bemüht, etwas
zu fassen, Bilder zu kreieren, um zu verstehen... und dann, dann
kommt die Furcht, dass alles, was sich in mir abspielt, dass alles,
was ich wahrnehme, denke und fühle und was ich landläufig und
unreflektiert „Ich" nenne, sich auflösen könnte. Ohne je genau
beleuchtet zu haben, wie das gehen soll: ein „Ich", das in der
Lage ist zu beobachten, dass „Ich" Angst habe, weil sich ein „Ich"
auflösen könnte?

„Ich" – als jene eigene Welt, die abgegrenzt und parallel zu
all den Milliarden anderen Ich-Welten existiert, diese Ich-Welt,
in der ich mich wie selbstverständlich bewege ohne dass auch
nur irgendetwas davon verstanden wäre! Was für ein merkwür-
diges Dasein! Dieses Sich-Abgrenzen-und-zugleich-Sich-Verbin-
den-Wollen, diese stete Osmose des „Ichs" zur Welt.

Eine ganze Weile hatte Säm an der Wohnungstüre gestanden
und überlegt, ob es wohl eines besonderen Rituals für den Beginn
seiner „Expedition" bedurfte, etwas, das der Ernsthaftigkeit seines Unternehmens Ausdruck verlieh, eine Art Vertrag zwischen
ihm und einem möglicherweise allwissenden stets gegenwärtigen Zeugen des Daseins. Doch ihm war nichts eingefallen. Sollte
er den Wohnungstürschlüssel abziehen und ihn aus dem Fens-

ter werfen oder im Klo hinunterspülen? All das erschien ihm zu theatralisch. Dann hatte er sich neben der Türe niedergelassen, lehnte mit dem Rücken an der Wand, streckte seine Beine aus und schloss die Augen. Für einen Moment wurde es still in ihm. Und wie aus der Ferne, fast wie aus einer anderen Welt, die schon längst in Vergessenheit geraten schien – hatte er sich schon soweit entfernt von allem? – hörte er die Geräusche der Stadt. Ganz allmählich bahnten sie sich ihren Weg durch die Gemäuer, den Hausaufgang und die geschlossenen Fenster. Anfahrende, beschleunigende Motoren von Autos, LKWs und Motorrädern, hin und wieder ein Hupen, von weitem eine Sirene, dann die tobenden, spielenden Kinder im Hinterhof, die lachten, sangen, stritten, schrien, Namen und Aufforderungen riefen. Hatte er nicht sogar eben seinen eigenen Namen gehört? „Säm, spiel' rüber! Säm, gib ab! Mach schon!" Wenn man in die Welt lauschte, lauschte man dann nicht immer auch in sein eigenes Leben? Und, ja, warum spielte er nicht mit? Er dachte an Anna und daran, wie idiotisch sie es finden würde, was er tat. Fast meinte er ihre Stimme zu hören. „Da! – Ja! – Da ist es doch, das Leben! Eine Handbreit vor Dir. Da! – Ja da! – Fließt er doch, der Fluss! Warum springst Du nicht hinein? Und kein Gedanke mehr, der zwischen Dir und der Welt steht, keine Vorstellung mehr davon, wie es sein sollte, sondern das pure Leben, das Sein selbst. Da! Immer da! Direkt vor Deiner Nase, jetzt, hier. Warum springst du nicht hinein?" Ja, mit Anna schien es so leicht: ein Wind, in den man nur seine Nase hätte halten müssen und das Leben schien wie durch ein Wunder voller Möglichkeiten. Aber Anna war weg.

Während Säm im Flur seiner Wohnung saß, hörte er plötzlich ein merkwürdiges Geräusch von draußen, von der anderen Seite der Tür. Ein kurzes Stöhnen oder Raunen wie von einem seltsamen Tier und dann klang es so als ob etwas oder jemand ganz leise an dem Holz scharrte und um den Eingang herum strich. Säm stand schnell auf und öffnete die Tür mit einem Ruck. Er schaute umher, lauschte, doch der Hausaufgang war leer. Schließlich tippte er die Tür mit dem Zeigefinger an, so dass sie ohne Eile, in einer wie für sie gemachten Bewegung, ins Schloss fiel. Das sollte Ritual genug sein! Von einem Moment zum nächsten wurde Säm unsicher, ein Schauer überfiel ihn. Verdammt, da war doch etwas gewesen! Er hatte etwas gesehen oder es sich eingebildet. Kurz bevor die Türe mit einem sanften mechanischen Klicken ins Schloss gefallen war und als er schon dabei war, seinen Blick abzuwenden, im allerletzten Augenblick hatte er etwas in seinen Augenrändern wahrgenommen. Etwas, das blitzschnell durch den immer enger werdenden Türspalt in seine Wohnung geschlupft war. Es hatte ausgesehen wie ein länglicher durchsichtiger Schatten, wie eine kleine mit Kohle oder Graphit gezeichnete, sich bewegende Fläche, fast wie eine Schlange. Es war durch die Tür gehuscht und dann an der Wand seines Flurs entlang um die Ecke in Richtung Küche. Zuerst hatte er es innerlich weggewischt – auch das war in ihm blitzschnell geschehen – so, wie man Spinnweben, die einem im Gesicht hängen, beim Gang durch Keller oder Dachböden wegwischt. Wahrscheinlich funktionierten Gehirn und Wahrnehmungsapparat so, dass unwirklich Erscheinendes einfach nicht aufgenommen werden will. Doch aus irgendeinem Grund hatte Säm es mitbekommen. Ein Schauer raste über seinen Rücken. Er kannte es und er hasste es: Diese Art der Verunsicherung, wenn er einfach nicht mehr wusste, was Einbildung war und was Wirklichkeit? Und vielleicht gab es ja auch gar keinen Unterschied und die Grenzen dazwischen waren ganz willkürlich gezogen. Wer wusste es schon? Vielleicht geschahen solche Phänomene ja auch viel öfter als es einem bewusst war? Vielleicht mischten sich zwischen unsere Gedanken und Wahrnehmungen immer wieder fremdartige, nicht definierbare Geschehnisse, ganz am Rande unserer Aufmerksamkeit, immer dann, wenn wir unseren Blick abwendeten, im allerletzten Moment, vage, verschwommen, unscharf, verwischt und doch gerade noch sichtbar, hörbar, fühlbar, ein Huschen, ein Verwehen, ein Schleichen, verwackelte Bilder, durchsichtig Schimmerndes, nicht einzuordnen und dennoch irgendwie realisierbar. Und wir wischten sie innerlich weg, weil die Verwirrung, die einem die sichtbare Welt bereitete, ja sowieso schon mehr als genügte. Waren es Einbildungen oder machten wir sie erst dazu? Gab es hinter der sichtbaren eine unsichtbare Welt? Und gab es Welten, die dazwischen lagen?

Gedanken. Machen wir sie? Oder machen sie uns? Entstehen wir in und aus Gedanken – und wenn – in welcher Weise tun wir dies? Und: Gibt es eine ungetrübte Erfahrung? Direkt und unvermittelt? Wenn ich ins Wasser springe, bin ich dann Wasser? Sind der, der springt und der, der ankommt, der Gleiche? Gedanken. Sie kamen und gingen. (Wusste jemand, woher?) Sie kamen und blieben. Säm lag mit geschlossen Augen auf seinem Bett, atmete tief durch. Gedanken kamen, wechselten sich ab, bedingten sich, schufen sich neu, zerstörten sich wieder, hatten nicht nur einander im Schlepptau, sondern auch alle erdenklichen und unerdenklichen Zustände, liefen parallel, krochen übereinander hinweg, kreuzten, überlagerten und untergruben sich, ständig und unentwegt. Wie ein inneres Netz, in dem wir uns fortbewegten, ohne es zu wollen, in dem wir umherkullerten, in dem wir gefangen waren. Kaum wahrnehmbar die Übergänge. Wo endete der eine Gedanke und woran knüpfte sich nun wieder dieses Gefühl? Was war diese innere Daseinsform aus ständig sich verändernden Zuständen, denen wir scheinbar ausgeliefert waren und die nicht wir, sondern die uns im Griff hatten? Nach welcher Ordnung war die innere Welt archiviert? Um was gruppierten sich Gedanken und Gefühle? Drehten sie sich gar immer wieder um das Gleiche? In endlosen Kreisen und Schlaufen? Erinnerungen, Vorstellungen, Sehnsüchte. Um was genau drehten sie sich? Was war ihr unsichtbarer Kern, was ihr Zentrum? Und von welchen Kräften wurden sie bewegt?

Gedanken. Gefühle. Sie kamen und gingen und im Schlepptau hatten sie das ganze Leben. Oder waren es am Ende einfach nur Impulse, die plan- und ziellos in uns herum jagten wie ein unvorhersehbares launisches Wetter? Und wenn man nicht aufpasste, würde man untergehen, in einem brausenden Getöse der Verwirrung? War das die Gefahr? Sich in Gedanken und Gefühlen verlieren und es nicht merken? Für sich selbst verloren sein - und es nicht wissen, ja nicht einmal eine Ahnung davon haben? Beängstigend war das schon. Am Ende plötzlich festzustellen, das ganze Leben war nicht mal ein Traum, nur ein Dämmern, ein uns umhüllendes Gewebe aus bedeutungslosen Einbildungen und wahllos sich verändernden Zuständen. Und nichts davon würde Bestand haben.

Gedanken kamen und gingen. Was bewegte sie? War es die dauernde Angst und Sorge ums eigene Leben? War es der stetige Versuch sich mit der Welt zu verbinden? Und warum hörte es nicht auf? Vielleicht zogen die Gedanken ja wie Luftströme durch den Raum, wie riesengroße Atemzüge, von Wohnung zu Wohnung, Haus zu Haus, entlang den Straßen und Plätzen, bildeten unsichtbare alle nur erdenklichen Formationen, vermischten und vermengten sich …? Was, wenn alles, was je gedacht, je erlebt und gefühlt wurde, im unsichtbaren Raum gespeichert war, in kleinsten Partikeln, in winzigsten Staubkörnchen, präsent in einer zeitlosen Gegenwart, ein unendlicher Mikrokosmos der Menschheitsgeschichte, sich bewegend von Ort zu Ort, zirkulierend von Raum zu Raum, in endlosen Schleifen … Entfalteten sich Raum und Zeit vielleicht auf ganz andere Weise als wir es je verstehen konnten? Oder aber umfingen Räume und Orte ihre eigenen Geschichten? Hielten sie fest, füllten sich stets weiter mit ihnen an und unsichtbare Wesen nährten sich davon, unsichtbare Wächter hüteten sie wie einen Schatz? War vielleicht alles beseelt und durchzogen von einem menschenunabhängigen Wollen? Und schien es nur so, als ob wir selbst dachten und fühlten und waren dabei lediglich Empfänger, die nur auffingen, was sie umwirbelte? Gedankenwolken, Gefühlswinde, die sich in Raum und Zeit stets neu erschufen, jenseits all unserer Vorstellungskraft, und die erst in uns zu dem wurden, was wir „Gedanken" und „Gefühle" nannten, was wir „unsere Gedanken" und „unsere Gefühle" nannten?

Manchmal, wenn Säm so da lag, erschien ihm all das, wie ein großer Raum, in dem er wie auf den Wellen eines Ozean hin- und hertrieb. Innen und Außen, der Körper, der Atem, der Raum, manchmal verflossen alle Grenzen und Unterscheidungen. Schon bald hatte er jedes Gefühl für die Zeit verloren, für den naturgegeben Rhythmus von Tag und Nacht. Vor seine Fenster hatte er Laken gehängt, so dass das Licht, wenn es draußen hell war, in der Wohnung meist dämmrig erschien. Er schlief, wenn er müde war, und das war er meist, aß, wenn er hungrig war von den Vorräten, die er sich angelegt hatte und die, so hatte er grob geschätzt, mindestens für 6 bis 8 Wochen hätten reichen sollen. Er hatte sie in den Tagen vor Beginn seiner „Expedition" in seine Wohnung geschleppt, alle Arten von Konserven und in Plastik Verpacktes. Alles andere, was ihn hätte ablenken können, wie Fernsehen, Computer, Telefon und selbst alle Uhren hatte er in den Keller verfrachtet. Meist lag er mit geschlossenen Augen im Bett und ergab sich dem, was in ihm geschah.

Eines Abends fühlte er einen merkwürdigen Luftzug, so, wie sie manchmal aus steinernen Kellern empor kriechen, frisch und eisig-kühl. Es erinnerte ihn an eines dieser Sprays, das bei leichten Sportverletzungen verwendet wird. Es streifte seine Schläfe, ein Atemhauch fast, und dann fühlte er ein leichtes Kitzeln, als ob etwas seine Kopfhaut und Haare berührte und umwehte. Wie zur Sicherheit ging er durch die Wohnung, doch alle Fenster und auch die Wohnungstür waren verschlossen. Auch war draußen kein Wind, soweit er sehen konnte. Doch dieser Luftzug blieb,

war ganz deutlich zu fühlen, wie ein kühler Atemhauch. Gänsehaut überzog seinen Rücken, seine Nackenhaare stellten sich auf.

Dann spürte Säm eine Art Erschütterung. Es kam ihm vor, als
wäre in ihm oder außerhalb von ihm – auch das gelang ihm immer
weniger zu unterscheiden – etwas verrutscht oder nach unten ge-
sackt. Als hätten sich zwei Platten, die über lange Zeit vielleicht
nur einen Millimeter breit verkantet aufeinander gelegen hatten,
nun durch eigene Kraft oder ein fernes Ereignis in einem Ruck
voneinander gelöst. Hatte sich etwa der Boden, auf dem er sich
befand um eine minimale, nicht messbare Einheit verschoben und
so seinen Winkel, seine Neigung verändert? War das Fundament
abgesunken? Und wäre es möglich so etwas überhaupt wahrzunehmen? Oder war es in ihm selbst geschehen? War etwas in ihm
auseinander gebrochen? Kurz dachte Säm an das Schlimmste.
Seine Gedanke standen still und mit größter innerer Anspannung
wartete er auf eine weitere innere oder äußere Bewegung. Doch
nichts geschah. Wenn über viele Menschenleben und Generati-
onen Zusammengefügtes und scheinbar Unbewegliches beginnt
auseinander zu brechen, würde es nicht so beginnen? Ganz versteckt und entfernt, für Menschen nicht sichtbar, nicht messbar
und deshalb scheinbar nicht existent und dennoch stets am Werke… Würde es nicht so beginnen: Mit kleinsten Rissen und kleinsten Verschiebungen, die wie von alleine in Bewegung gerieten, in
von Menschen nicht nachvollziehbaren Zeitspannen, Geschwin-
digkeiten und Maßen. Säms Augenlider waren bleischwer. Etwas
zog ihn in die Tiefe, und er hatte keine Kraft, etwas entgegenzu-
halten. Er sah krustige Platten und Konglomerate aus Felsen, Ge-

stein, Geröll, brüchig Gewordenes, Verkantetes, Verrutschtes, in allen erdenklichen Relationen, gerissen, gebrochen, zertrümmert, Schicht um Schicht, Sediment um Sediment, sich überlagernd, verschoben, verkantet, quer und übereinander liegend, sich brechend, durchstoßend, zerreibend, in sich verändernde Konsistenzen und Oberflächen. Was war dieser Boden, auf dem wir stehen und standen, uns bewegten? Was waren die inneren und äußeren Gründe, auf denen wir unser Leben und Städte, Königreiche, Weltmächte, Weltbilder, Religionen und Kulturen errichteten, die Fundamente unseres Daseins, scheinbare Selbstverständlichkeiten, scheinbar feste Größen. Durch was wurden sie gehalten und wann würden sie endgültig auseinander brechen?

Eines Nachts, Säm wusste manchmal nicht mehr, ob er träumte, wachte oder fieberte, geschah wieder etwas Merkwürdiges. Es kam ihm vor, als würde sich sein Körper verändern. Er spürte Wölbungen im Muskelgewebe, als würden sich Arme und Schultern, Brustkorb und Bauch, ja fast alle Körperpartien verformen. Als wäre er in einen Gruselfilm geraten, in eine Werwolfgeschichte. Er schien zu mutieren, fühlte sich wachsen und ausdehnen, in die Breite gehen, stämmiger und muskulöser werden, als würde aus ihm heraus etwas Neues geboren, als wäre er Gebärender und Geborener zugleich. Bewegungslos lag er unter der Bettdecke, traute nicht sich zu rühren, geschweige denn zu überprüfen, ob das, was mit seinem Körper vorzugehen schien, Wirklichkeit war oder Einbildung.

Er hatte mit allem möglichen gerechnet, aber nicht damit, dass er in all diese seltsamen fiebrigen Zustände geriet, die einhergingen mit merkwürdigsten Empfindungen und Wahrnehmungen, mit Schwere, Schwindel und Müdigkeit. Hatte er sich etwa mit seinem Vorhaben übernommen? Sich überschätzt? Hatte er die Kräfte, die in ihm und um ihn herum wirkten, unterschätzt? Hatte er bei seinem Unterfangen irgendetwas Grundsätzliches übersehen? Seinen Geisteszustand? Seine Fähigkeit alledem entgegenzustehen, es auszuhalten, sich auszuhalten? Er ahnte, dass sich in ihm etwas Ungutes zusammenbraute, sah es vor sich wie einen aufkommenden Sturm. Waren die Vorboten nicht unverkennbar? Ein Unwetter der Seele, wie würde es sich ankündigen, wenn nicht so? Sollte er das ganze Unterfangen nicht besser abbrechen? Oder war es schon zu spät dafür?

Wie viele Tage vergangen waren, seitdem er sich in seine „Himalayahöhle" verkrochen hatte, wusste er nicht mehr. Es konnten so viele aber nicht sein und doch hatte er schon die Orientierung verloren. Und eine Müdigkeit hatte sich seiner bemächtigt, die auch mit Schlaf nicht zu überwinden schien. Als hätte er, ohne Pause, unzählige Leben gelebt. Und jetzt war es fast so, als ob jeder Atemzug, jeder Moment seines Daseins zu einem Kampf geworden war und er wusste nicht einmal wer oder was genau der Gegner war… Manchmal fühlte er sich wie in einem Fieber und dann kamen ihm Bilder wie aus einem anderen Leben, wie in einem zu schnell durchlaufenden Film sah er sie in seinem Inneren rasen: geschlagene Schlachten, schmerzhaft errungene Siege, schmerzhafte Niederlagen, immer wieder Kämpfe, Schlachten, Schmerzen. Würde es jemals aufhören? Dann sah er sich wie in einem Traum in einer anderen vergangenen Zeit am Rande eines

Schlachtfelds stehen, an einen mannshohen Felsblock gelehnt, alt geworden, verletzt, müde, unendlich müde. Er stützte sich auf ein schmutziges blutüberzogenes Schwert, zerrissen und zerbeult seine Kleider, aus seinen Wunden tropfte und quoll dunkelrotes dickflüssiges Blut, floss in kleinen Rinnsalen an seinem Körper entlang, tränkte den grob gegerbten Stoff und den staubigen Boden... Die Schlacht war zu Ende und schon längst wusste er, dass es vielleicht Siege gab, aber keine Gewinner, dass es Schlachten gab, die man schlagen musste, so sehr sie auch schmerzten, so sehr man sich auch ein Ende herbeisehnte, doch der Schmerz wuchs mit jeder Schlacht, mit jedem Angriff, mit jedem Schwerthieb. Zwar konnte man Feinde besiegen, wie aber konnte man diesen Schmerz besiegen, der doch alle körperlichen Verletzungen weit und weit überragte? Als Säm aufwachte – hatte er geträumt oder halluziniert? – lag er in seinem Laken und hielt sich mit beiden Händen die Seite als habe er eine leibhaftige Wunde – ja kurz bildete er sich sogar ein das Blut wirklich zu sehen – und dann erst merkte er, wie er laut schluchzte und heulte...

Sich fühlen, hieß das vor allem immer wieder den Schmerz fühlen? Hieß das, auf etwas zu gehen, das unerträglich schien? „Warum Erde, vermagst du mich nicht zu halten, zu bergen? Schmerz, du unseliger, bohrender, brennender, warum heilst du nicht endlich?"

Wie ein kleiner Muskel der Seele, der sich spannt und spannt und spannt, stetig vibriert... Was schmerzt? Wie ein Nachhall von was? Ein Zittern, wie eine bis zum Reißen gespannte Saite... Unzählige Schwingungen, die sich auflösen wollen... Welche Tränen weint man in Nächten wie diesen? Erinnerungen, Empfindungen, verknüpft und verwoben in verschiedensten Tönen und Tonlagen … Was ist mit jenen Kindheitstagen als uns die Sehnsucht in die Zukunft trug? Wo sind sie hin? Und dann der Nachthimmel! Immer wieder die Sterne. „Habt Ihr sie je gesehen?" Säm erinnerte sich, wie er als kleiner Junge eines nachts Stunde um Stunde in den Sternenhimmel geschaut hatte. Damals war eine Frage in ihm aufgestiegen, vielleicht seine erste Frage an die Existenz und das Dasein. Hatte sie ihn je wieder losgelassen? Der große weite Sternenhimmel. Die Unendlichkeit. Die Unwissenheit. Das All. Das Nichts. Es war wie ein Donnerschlag. Wie angewurzelt hatte er dagestanden und ihm war, als verschwände er für einen kurzen Augenblick aus seinem Körper in die Tiefe des Alls, versank in den Anblick oder es versank in ihm, es gab keine Trennung zwischen dem, was er sah, was er spürte, was er war. Es war ein Brausen, ein Vibrieren, ein Strömen, als habe sich seine Schädeldecke geöffnet und der ganze Himmel stürzte in ihn ein, von Kopf bis Fuß, seinen Körper durchflutend, er hatte keine Grenzen mehr gespürt, er war in sich gewesen und außerhalb von sich. Hatte es damals nicht begonnen?

„Aufstehen!" hörte Säm einen tiefen Männerbass. Säm lag unbewegt im Bett. Ein Schrecken bannte ihn. War jemand in seine Wohnung eingedrungen? Ein Einbrecher? Nein, das musste ein Traum sein! Plötzlich hörte er die Stimme wieder, lauter, strenger, gereizter, und spürte einen Tritt in seine Seite, gedämpft von dem Federbett, das er sich im Schlaf umgürtet hatte. Ein Traum im Traum? Säm wandte sich um und schaute, ganz und gar wie in einer inszenierten Filmaufnahme, in den Lauf einer Pistole. Kurz blieb sein Atem weg, sein Herz schien sich für einen Moment zu überschlagen. Reflexartig wandte er sich nach hinten, setzte sich auf, holte ein, zwei mal heftig und tief Luft, spürte dann wieder das Stocken des Atems, das Herz, das bis in seinen Hals sprang, aber kein Schrei, nur eine Art tiefes Grunzen wie von einem Tier ausgestoßen, hörte er von sich geben und wunderte sich … Ein schwarzes Loch – die Mündung der Pistole – war auf ihn gerichtet – und dahinter ein ungeduldiges Zucken in einem brutal wirkenden Gesicht mit breitknöchrigen unrasierten Wangen und einer offensichtlich gedrungen, muskulösen athletischen Gestalt. Erst hatte Säm nur das dunkle Mündungsloch der Pistole gesehen, dann weit aufgerissene, ebenso dunkle Augen, die mit der Pistole eine seltsame Symmetrie ergaben. Drei münzgroße Punkte, die auf ihn gerichtet waren, und alle auf ihre Weise tödliche Gefahr verbreiteten. Nach dem reflexartigen Erschrecken, kam alsbald das Gewahr-Werden über diese, wie ihm schien, absurde Situation. Wirklich jemand, der in seine Wohnung eingedrungen war? Ein Dieb, ein Einbrecher? Bei ihm? Das schien ihm unmöglich.

„Geld her!", schrie die dunkle Gestalt. „Wo ist das Geld, die Scheckkarte?" Er schaute sich im Dunkel des Raumes um, ein wenig ungläubig, wie Säm zu erkennen meinte, denn der Raum war ja so gut wie leer und nur Klamotten, Papiere, Geschirr und anderer Unrat lagen wahllos herum. Aber die Pistole blieb weiterhin auf Säms Kopf gerichtet. Von einem Moment zum anderen durchflutete Säm ein ganz neues, bizarres Gefühl und es rührte von einem verwegenen Gedanken her. Säm drang in die Augen seines Gegenüber, schaute auf die Pistolenmündung, sein Blick wechselte hin und her, so als gälte es zwei Personen mit seinem

Blick in Schach zu halten. Ein Prickeln auf der Haut, beinahe eine sexuelle Erregung breitete sich in ihm aus, und Säm wusste, dass eine Idee dahintersteckte, die ihn übermannte, eine Idee, ein Gedanke, eingeflüstert wie von einem zweiten Ich, gelassen, kühl und gefühllos, ein Schauer flog wie ein Sturm über seinen Körper, als wäre die Haut elektrisiert. Nur Sekunden trennten ihn von einem neuen unbekannten Zustand: dem Tod.

Säm fixierte den Lauf der Pistole, sah dahinter die Hand, die etwas verkrampft und angestrengt den Griff umschlang und den Zeigefinger, der an der Seite der Pistole ruhte, einen Finger breit vom Abzug entfernt. „Los, das Geld!", schrie die dunkle Gestalt, scheinbar irritiert über Säms Bewegungslosigkeit. Weiterhin blickte er regungslos in die Augen des anderen, dessen körperliche Konturen langsam von der Dunkelheit im Raum freigegeben wurden. Wie es wohl wäre? Ein kaum sichtbarer Feuerstrahl, der die Mündung der Pistole verlässt, eine kurze Detonation, ein Reißen im Hirn… Ob er wohl das ungewohnte Gefühl des eingedrungenem Fremdkörpers in seinem Kopf noch mitbekäme? Die sich heiß ausbreitende Flüssigkeit des Blutes im Gehirn? Den Verlust des Körpergefühls? Das innerliche und äußerliche Zusammenfallen von allem Gewohnten? Und dann das Zerreißen der Bilder … Welche es wohl wären...? Würde er ein großes Licht sehen oder Szenen aus seinem Leben, eigenwillig ohne Grenzen von Raum und Zeit verknüpft, wie in einem Kaleidoskop, Erinnerungen, die wie Scherben bunter Gläser durcheinanderpurzelten, bunte Mosaikstückchen, in denen sich alles Vergangene widerspiegelte? Würde sich alles, was sein Leben ausgemacht hatte, in diesem einen letzten Moment ordnen wie Metallstaub um einen

Magneten, zu einem Muster, zu einem Sinn?

„Schieß!", hörte sich Säm sagen – eine strenge Aufforderung, keinen Widerspruch zulassend, als stünde man auf der gleichen Seite, schaute in die gleiche Richtung und lauerte die gleiche Beute auf. „Los, schieß!" – Keine Bitte, ein Befehl. Säms Nerven schienen zu brennen, ein nicht zu lokalisierendes Feuer, das sich von innen nach außen hin ausbreitete, verwirrende Wellen der Erregung, die ihn an Gefühle erinnerten, die sich sonst nur als lustvolle Vorboten eines orgiastischen Höhepunktes zeigten. Dann hörte Säm einen lauten Knall. Er wachte auf. Er war aufgeregt, atmete heftig, er war allein, er lebte. Was bloß geschah mit ihm?

„Was ist dieses unsichtbare Schwert oder sind es mehrere, die Du gegen mich erhebst, von hinten in meine Eingeweide schlägst? Nicht nur, dass Du mich fickst, Du willst noch mehr ..." - *„Halt die Fresse, jetzt!"* – *„Du stößt zu, durchbohrst mich, ich spüre den Schmerz! Woher weiß ich nur, dass es damit nicht zuende ist?"*– *„Fresse halten!"*
„Dass Du dennoch keine Macht über mich hast! Nicht über mich und nicht mal über Dich!" – *„Ich stopfe Dir Deine Löcher – alle!"* – *„Ja du lässt nichts aus. Du löcherst mich, hast Dir Deinen Weg gebahnt bis in die hinterste Ecke meiner Seele. Doch auch hier konntest Du nichts bewirken – außer Schmerz zuzufügen, außer Verwirrung bereiten. Das ist Deine einzige Macht. Sag, war das schon alles?"*

Säm ging ins Badezimmer, die Schwäche und Schwere, die, seitdem er die Wohnungstür geschlossen hatte, sein stetiger Begleiter war, übermannte ihn wieder mit ganzer Wucht. Er lehnte sich an die Wand des Badezimmers, eine Wand, die aus improvisierten Gipsschichten und mehreren Lagen von Lack bestand und nun abblätterte und bröckelte. Überall Spuren der Zeit, Handlungs-Abfolgen, Schichten aus Absichten und Wünschen, die übereinanderlagerten - Zeitschichten. Was nur geschah mit ihm? Ausgezogen, um dem Dasein die letzten Antworten zu entreißen und abzuringen, war er scheinbar von einem Schwächeanfall zum nächsten gestolpert. Wahn und Fieber, Traum und Wirklichkeit – alles verschwamm ineinander. Er fühlte sich erbärmlich. Würde das Bild dieses Moments je außerhalb seiner Wohnung als Spiegelung, als Projektion irgendwo und irgendwann in diesem Universum für ein anderes Wesen sichtbar werden? Würde es sich abspeichern im stetig bewegten Raum, in irgendeinem Paralleluniversum? Das Gefühl für Zeit war ihm völlig abhandengekommen. Vergingen Stunden, Tage oder waren es gar nur Minuten? War es Morgen oder Abend? Es schien völlig belanglos. Wieso war er so elendig geschwächt? Er hatte keine Erklärung dafür. Er fasste nach seinem Kopf, wie um sich zu vergewissern, dass er wirklich ein körperliches Volumen hatte, kurz schlug er mit der Hand an die nachgebende Wand, von der wieder etwas Putz abspritzte, als wolle er überprüfen, ob die gegenständliche Welt auch wirklich existierte. Dann hielt er seinen Kopf unter die Badebrause in der Hoffnung, dass das kühle Nass ihm etwas Läuterung verschaffen würde. Er wankte stolpernd und tropfend über den Unrat im Flur, von dem er auch nicht mehr wusste, wie genau er da hin gekommen war, zurück in sein Zimmer, in sein Bett, seine Matratzengruft.

Und dann spürte er wieder, wie es ihn befiel, beschlich, besetzte. Es kam in wellenartigen Bewegungen (ob Wellen und Ströme, die eigentlichen Ur-Bewegungen unseres Daseins sind?), fiel über ihn her wie eine fremde Macht und sein Körper vollführte spastisch und epileptisch anmutende Bewegungen und Zuckungen. Fremdartige elektrische Reize und Stiche durchfuhren ihn, Wogen aus Bildern brachen über ihn ein, überfluteten ihn als würde er willkürlich in einem Meer aus Ereignissen hin- und hergeworfen. Es schüttelte ihn durch und nirgendwo in ihm schien Halt, schien Mitte, schien Grund zu sein. Er erkannte Bilder und Sequenzen seines jetzigen Lebens, scheinbar wahllos aneinander gereiht, ohne Sinn oder Struktur, und es kamen fremde Bilder hinzu, als flöge sein Geist durch Zeiten und Räume, ja, sogar durch fremde Leben, Traumwelten und Fantasien, durch Gedachtes, Gesehenes, Geträumtes, Erzähltes – alles war verwoben und verschachtelt... währenddessen diese fremdartige Kraft durch ihn durch raste, durch seine Nerven- und Blutbahnen, seine Muskeln anspannen ließ, als bekämen sie elektrische Stöße versetzt, um sich dann doch gleich wieder zu entladen, ihn hin und her zu strecken, umzuwerfen, niederzudrücken, zu würgen, zu zerren, den Atem zu nehmen...

„Nichts stimmt mehr. Nicht, was ich denke, nicht, was ich fühle, nicht, was ich sehe." – „Es ist immer anders als du denkst (nur manchmal nicht! Ha!)." – „Und nichts ist so, wie es aussieht (nur manchmal doch)." – „Du hörst einfach nicht auf!" – „Wie auch?" – „Ich kämpfe noch immer. Mein Gott. Es muss aufhören. Jetzt!"

Immer wieder hatte Säm versucht, sich Notizen zu machen, fremde Phänomene, Eingebungen, innere Bilder in Stichworten zu protokollieren. So entstanden mitunter Worte und Zeilen, schnell hingeworfen aufs Papier und wenn kein Papier zur Hand war, nutze er die Wandflächen der Räume, gerade dort, wo er stand und kraxelte an wahllosen Stellen etwas hin. Oftmals unlesbar. Vielleicht würde es später, wenn er es denn je wollen würde, ihm helfen, sich zu erinnern.

Es war tiefe Nacht, als Säm durch sein Zimmer wankte, wieder Papier und Stift suchte, sich zu seinem Bett schleppte und in zittriger Schrift schrieb. Und ganz so, als ob die fremde Kraft ihn daran hindern wollte, warf ihn etwas zurück in seine Laken und Decken. Ein unsichtbarer Kampf entspannte sich und in den Momenten, in denen er seinen Körper und seine Bewegungen beherrschte, nutze er die Zeit zum Schreiben, bis es ihn wieder heftig wand und bog, als hätte er Schmerzen, einer inneren Eruption gleich, die ihn zittern und frösteln machte, um sich erneut aus den unbekannten Würgegriffen zu befreien, sich zu sammeln und wieder Worte, Sätze, Absätze, verteilt auf unterschiedliche Blätter, hinzuwerfen. So ging es durch die Nacht.

Als der Morgen dämmerte, kehrte etwas Ruhe ein. Die beschriebenen Blätter lagen wahllos um Säms Bett verteilt. Endlich, so hoffte er, würde er Schlaf finden. Doch dann begann es von vorne, wieder fühlte er diesen heftigen erbarmungslosen Sog. Wieder fiel er in die Tiefe durch Schluchten, Spalten, Buchten und dann, als würde er in einen dunklen Raum geschupst, fand er sich wieder in einer Höhle aus rauchschwarzen Bergkristallen. Es war kalt, er schlief nicht, er wachte nicht, er träumte nicht – er wusste nicht, was mit ihm geschah. Er sah, wie in dieser Höhle ein kleiner dunkler Schatten in Form eines länglichen Etwas (eine Schlange!, dachte er) in schnellen, sich windenden Bewegungen auf ihn zukam und – auch das war merkwürdig – Sam wusste, bevor es geschah, was geschehen würde. (Es muss doch ein Traum sein, was sonst?) Er spürte an seinem Körper, an seinem Hals, genau an der linken Seite, noch bevor es geschah, dass die Schlange ihn dort beißen würde. Und so geschah es auch, genau wie erwartet, genau wo erwartet. Das dunkle längliche Ding sprang ihn an und er spürte ein Brennen wie Feuer. Säm fasste sich an seinen Hals. (Im Traum oder in der Wirklichkeit? – Jetzt wusste er es nicht mehr.) Was, wenn doch etwas in seiner Wohnung war? Aber etwas anderes forderte seine Aufmerksamkeit. Er wusste, was geschehen würde: Er würde sterben und zugleich würde er Zuschauer, Beobachter sein. Aber es geschah nicht wirklich, es war wie ein Traum im Traum. Es begann harmlos... Er konnte seinen eigenen Gedanken lauschen. Zuerst wollte er nicht wahrhaben, dass er nun wirklich sterben würde. Er hörte wie er zu sich selbst sagte: „Nein da ist nichts, ich bilde mir das nur ein!" Dann kam die erste Unsicherheit, die ersten flauen Gefühle, und er hörte, wie er sich selbst fragte, ob das wohl die ersten Symptome des nahenden Todes waren oder doch nur Auswirkungen der Gedanken, der Einbildung, der Angst. „Lass es Einbildung sein!", hörte er sich denken, wie ein Stoßgebet. Dann vermischten sich Unsicherheit und Angst und er begann eine Art Erhitzung in seinem

Körper zu spüren. Es fühlte sich an wie ein Elektrisieren und Betäuben der Haut, er bekam einen Schreck: „Oh mein Gott, ist es doch wirklich?" Doch noch immer weigerte sich etwas in ihm es zu glauben. Erste vage Taubheitsgefühle folgten, am Hals, wo die vermeintliche Wunde war und breiteten sich von dort langsam in seiner linken Körperhälfte aus. Erste Schweißperlen bildeten sich auf seiner Stirn. Ein letztes Mal noch kam der Gedanke, an den er sich jetzt klammerte, dass es doch nur Einbildung sein könnte. Vielleicht ja nur die Symptome des Schreckens? Doch dann erhöhte sich der Puls, die Hitze nahm zu, der Mund wurde trocken. Jetzt kam die lähmende Angst in voller Wucht. Keine Einbildung! Da war der Impuls sich zu retten, zu flüchten, wegzurennen. Aber wie? Und wohin? Schwere und Müdigkeit wurden erdrückend, die Gedanken immer schwächer, alles vermischte sich zu einem diffusen inneren Nebel und verschwamm darin, und das noch eben Gedachte und Gefühlte verhallte und verlor sich, ohne Nachklang und ohne Erinnerung. Dann folgte noch mehr bleierne Müdigkeit und noch mehr Schwere, lähmende, lastende Schwere, die Körper und Glieder in Besitz nahm, sich wie ein schwarzer zähflüssiger Sirup in seinen Blutbahnen ausbreitete. Plötzlich griff ein dunkles Etwas, schwer und kalt auf seiner Brust lastend, nach seinem Herzen, das nun immer schwerfälliger schlug, immer mehr seinen Rhythmus verlor, wie ein ins Stottern geratener Motor.

„So hast Du Dich also zwischen mich und die Welt, zwischen mich und das Leben gestellt. Du, mein stetiger Begleiter, mein Schatten, Verführer und Verdreher, „Mich-in-Zweifel-Zieher", Verwirrer, Verwickler – und, ja, Du hörst nicht auf, stichst weiter heim-

lich zu, hältst dann inne, schleichst, bist trickreich, wartest. Du hast Zeit, nicht wahr? Willst Du mein Herz ganz heimlich stehlen? Willst Du also doch nur das Eine und weißt es nicht mal? Ha! Sind wir also am Ende so unterschiedlich gar nicht? Ist meine Sehnsucht also doch auch die Deine? Am Ende! Zuguterletzt! Es ist Zeit. Unsere Wege müssen sich trennen! Oder auf ganze neue Weise verbinden!"

Mit einem Schrei riss sich Säm aus Schlaf und Traum. (Er lebte!) Es war wie das kurze Auftauchen aus einem dunklen Ozean. Er fand sich wieder in seiner Wohnung, lag in seinem Bett, schaute sich in seinem Zimmer um, schnappte nach Luft und nun sah er ihn, diesen Schatten, von dem er geträumt hatte, den er sich eingebildet hatte, den es nun wirklich gab, vor ihm aufgebäumt wie eine Schlange, die bereit war anzugreifen. Und mit der gleichen Kraft mit der er aus diesem dunklen Ozean aufgetaucht war, aus diesem Alptraum, zog es ihn mit aller Gewalt wieder hinab... zurück... wohin auch immer... Es war pures Schwarz rundum. Nichts war zu sehen. Nur Dunkel. Ob er die Augen geöffnet hatte oder nicht, wusste er nicht, es machte offensichtlich auch keinen Unterschied. Er hörte sich atmen. Oder besser: Er hörte einen Atem. Es war gar nicht sein eigener. Und noch bevor er darüber nachdenken und erschrecken konnte, hörte er eine fremdartige Stimme, die sich an ihn wandte: „Hörst du es?"

Wieder wurde er von einem Grauen übermannt. Und dennoch, er wollte antworten oder auch einfach nur schreien und stellte fest, dass er gar keinen Mund hatte, den er hätte öffnen können. Wie auch immer er sich anstrengte, wie auch immer er versuchte die Lippen und die Zähne auseinander zu bringen, einen Ton auszustoßen, zu schreien, es gelang nicht. „Hör hin!", forderte die Stimme. Und Säm versuchte es. Er hörte hin, mit allem, was ihm an Kraft verblieben war, mit allem, was er zu sein schien, in welcher Form er auch immer gerade existierte. „Da ist nichts!", sagte die Stimme. „Nichts!" Wer sprach da? War da wirklich etwas Fremdes in seiner Wohnung? Und die Stimme, die er hörte, wurde immer klarer, immer lauter, immer eindringlicher: „Doch: Wer spricht?" Säm spürte, wie sich sein Körper (zumindest schien er noch einen Körper zu haben) anspannte, wie er von einem kalten Schauer übermannt wurde, vom Scheitel seines Kopfes über den Rücken bis hinunter zur Spitze seiner Wirbelsäule. „Wer denkt?" Säm fühlte eine so große Kälte wie er sie noch nie in seinem Leben gefühlt hatte. (Herrschte in unserem Universum nicht eine Temperatur von -271 Grad? Und nahm diese universelle Kälte nicht mehr Raum ein als alles andere in diesem Universum?) Säm fühlte sich wie gelähmt. Die Stimme, sie war nun ganz nahe bei ihm, fast an seinem Ohr, glasklar: „Wer atmet?". Säm glaubte zu sterben. Vor Angst. Und dann, obwohl er ja die Augen geschlossen hatte, sah und spürte er, wie sich der Schatten wieder vor ihm aufbäumte, sich hin und her neigte, als wolle er den richtigen Moment abpassen, um anzugreifen. Und so war es auch. Mit einer blitzschnellen Bewegung stürzte er auf ihn zu und griff in Richtung seines Herzens. Das ist der Todesstoß, dachte Säm, der das Gefühl hatte nach hinten zu fallen, obwohl er doch eigentlich in seinem Bett lag. Und dann fühlte er nur noch einen brennenden Schmerz in seinem Brustkorb, in seinem Herzen, ein Schmerz, der ihm den Atem nahm. Und ihn zugleich an etwas erinnerte, das wie aus einer anderen Zeit – ja vielleicht sogar einer anderen Welt – zu kommen schien, vertraut und beängstigend zugleich.

Säm schrie vor Schrecken, vor Schmerz, vor Angst und mit diesem Schreien wachte er schweißgebadet auf. Ein heilloses inneres Temperaturchaos erfüllte ihn, Eiseskälte und Gluthitze schienen in ihm parallel zu existieren oder wechselten sich in rascher Folge ab. Sein Herz raste. Tief und schnell ging sein Atem. Gleichzeitig war es so, dass er seinen Körper fast nicht mehr fühlte, und beim Atmen dachte, kein Organ zu besitzen, wo die Luft hinströmen könnte. Nur langsam beruhigte er sich, bis ihn schließlich die Erschöpfung übermannte und er in einen traumlosen Schlaf fiel.

KAPITEL DREI

„Wenn das Denken sich nicht zeigt,
werden die Erscheinungsformen ohne Irrtum zu sein."
Shinjinmei, Meister Sosan

War jemand je am tiefsten Ort des Schlafes? Hat jemand je mit hellem Bewusstsein diesen Ort geschaut? Wohlmöglich muss es dort eine Art Quelle geben und wohlmöglich findet sich dort so etwas wie die Kraft einer großen Ur-Geborgenheit. Säm hatte so fest und so tief geschlafen wie wohl nie zuvor in seinem Leben.

Etwas war vorbei, nur das war spürbar für ihn. Das innere Toben, der Orkan, die Sturmflut, das Unwetter in seiner Seele war vorüber gezogen, eine seltsame neuartige Stille schien über allem zu liegen ,ja, in allem zu sein. Säm fühlte sich ganz neu in seinem Körper, fast so, als wäre er wirklich neu angekommen. Vielleicht gar neu geboren? Als er erwachte – es war wohl gegen Abend und er wusste nicht wie lange er geschlafen hatte – nahm er als erstes eine Veränderung seines inneren Erlebens wahr: es war die Abwesenheit der Gedanken. Sie schienen Platz gemacht zu haben, für etwas, das er noch nicht kannte. Fast wie in Zeitlupe stand er auf, als müsste er sich erst wieder in seinem Körper, in der gesamten gegenständlichen Welt zurecht finden. Seine Bewegungen waren schwerfällig, seine Gelenke und Gliedmaßen fühlten sich steif an. Dann kleidete er sich an, sammelte die von ihm in den letzten Nächten beschriebenen Blätter zusammen, die überall im Zimmer und um sein Bett herum verstreut lagen und stopfte sie chaotisch und ungeordnet in ein großes Kuvert. Auf die Vorderseite des Kuverts schrieb er „ANNA".

In der Dämmerung verließ er seine Wohnung. Zuerst warf er den Brief an Anna ein, dann setzte er seinen Weg fort in Richtung des nahe gelegenen Parks.

Säm bewegte sich in schlafwandlerischer Sicherheit, doch eigentlich war es anders: Etwas schien ihn zu führen, seine Bewegungen geschahen wie von alleine. An einer Stelle des Parks, die sich ganz abseits von den üblichen Pfaden der Spaziergänger befand und wo selbst das Licht der Lampen und Laternen nicht mehr hinreichte, endete sein Weg. Im letzten dämmrigen Schimmer des Abends sah er sich vor einem Jahrhunderte alten Baum stehen, der umringt war von hohen Hecken und Gestrüpp. Mit seinen ausladenden Ästen erinnerte ihn der Baum an eine vielarmige indische Göttin. Alles geschah von alleine, langsam lief er um den meterdicken Stamm und etwas in ihm wollte gerade überlegen, wie er wohl die Höhe zu einem seitlich in die Breite ragenden Ast, der ihm am nächsten war, überwinden könnte, als wieder Seltsames geschah: ganz so, als ob Raum und Zeit sich ineinander verschachtelten und überschlugen, befand er sich von einem Moment zum nächsten, nach einer kurzen Benommenheit, oben auf dem Ast sitzend wieder, als hätten ihn unsichtbare Hände empor gehoben. Hatte er nicht sogar etwas Leichtes, Wehendes und sanft Drückendes unter seinen Achseln gefühlt? Doch es gab keine Zeit sich zu wundern.

In dieser neuartigen Verbindung zur Welt, die er verspürte, schien es keinen Raum für Zaudern und Zögern zu geben, als läge allen sichtbaren und unsichtbaren Bewegungen eine ganz natürliche Geschwindigkeit, ein zutiefst harmonischer Rhythmus zugrunde. Es war, als würde Säm den Weg genau kennen ohne dass er darüber hätte nachdenken mussen, ja, als wäre alles eins, alles Seiende ein großer lebendiger Organismus, wie selbstverständlich verbunden und als würden sich sogar die Äste und Zweige ihm entgegen neigen wie helfende Hände, als würden sie ihn halten, stützen, führen, geleiten. Jede seiner Bewegungen fügte sich und schmiegte sich in das, was ihn umgab, es gab keine Trennung mehr. Schließlich fand er sich in der Mitte der Baumkrone wieder, rundum geschützt von Zweigen und Blättern, von außen nicht zu sehen. Dabei schien alles Geäst so gewachsen, als sei es geradezu dafür gemacht, ihn zu halten, ihn zu schützen, ihn zu umhüllen. Vollkommene Ruhe erfüllte ihn. So brach die Nacht herein.

Hatte er so etwas je gefühlt in seinem bisherigen Leben? Eine neue kraftvolle Anziehung zwischen ihm und der Welt war entstanden, eine Art Magnetismus, in der Absicht, Handlung, Bewegung und Raum eins wurden. Als hätte sich ein ganz neuer Sinn in ihm entfaltet, ein Sinn, der nur eines wahrnam und nur auf eines gerichtet war: auf die Stimmigkeit jeglichen Tuns im gegenwärtigen Moment. Als würde dieser Sinn, jenseits des Verstandes im stetigen Abgleich und fortwährenden Austausch zwischen Innen und Außen, seismographisch genau erfühlen können, was „stimmte" und was „nicht stimmte". Zugleich durchströmte ihn eine wundervolle wärmende Kraft der Geborgenheit – ja, der Liebe – all seine Glieder, seine Zellen, sein gesamtes Sein. All die Fragen, die er an das Leben gehabt hatte, schienen sich zu beantworten, doch auf ganz, ganz andere Weise als er es je für möglich gehalten hätte.

Es war wie ein sachtes liebevolles Enthüllen der Geschehnisse, ein Sichtbarwerden, ein Sich-Zeigen, ganz ohne Mühe, ohne Anstrengung. Ihm wurde offenbar, dass in jedem menschlichen Bemühen und Wollen eine ganz eigene Tragik inne zu wohnen schien. So sah er nochmal sein Leben, all die Wege, die er gegangen war, vor sich. Doch dieses Mal, so kam es ihm vor, ganz unverstellt und frei von den Schatten jeglicher Beurteilung. Vielmehr erkannte er, wie er sich all die Schattenbilder selbst geschaffen hatte und diese hatten doch immer nur neue Schatten hervorgebracht und sich wie etwas Fremdartiges schwer über ihn gelegt. Schatten, mit denen er bis zum Rande seiner Kräfte gekämpft und gerungen hatte und die ihn fast vollständig aufgezerrt hatten, ohne dass er je an ein Ziel gelangt wäre. Ganz so, als wären die verwirrenden, verschachtelten und vollkommen unübersehbaren Wände eines Labyrints in die Höhe gezogen worden, sah er – wie in einem offenen Raum – auf die Beschränkungen seines Erkennens und Deutens und auf all die Missverständnisse, die es hervorgebracht hatte. Und dann brach es heraus aus ihm: Tränen, wie Sturzbäche, Tränen der Trauer und Freude, die sich verbanden zu einer heilenden Wärme, die nun seine Seele, sein Herz durchströmte. Alles verwandelte sich für diesen Moment. Alles leuchtete und strahlte, vibrierte und sang. Es war tatsächlich wie Musik, wie eine Sinfonie, die in all ihren Tönen, Stimmen und Melodien doch immer nur die gleiche Botschaft in sich trug, eine einzige, fortwährende, lebendige Antwort, die in allem klang, durch ihn hindurchging und durch alles, was ihn umgab und ohne Beschränküng alle Zeiten und Räume miteinander zu verbinden schien. Eine mächtige friedvolle Stille folgte, die jedes Geräusch, das hörbar wurde, umfing. Obwohl er im Dunkel der Nacht nicht mal die Hand vor seinen Augen sehen konnte, waren sie weit geöffnet. Zugleich war es so, als ob alles um ihn herum wachte, als sei der Baum selbst ein wachendes Wesen und die Nacht und die Luft schien elektrisiert von vibrierender Wachheit. Und die Stille schien sogar noch stetig zuzunehmen, als gäbe es lautlose Klangwellen, die an ferne Wände eines unsichtbaren Raumes geworfen würden, um von dort in die Mitte zurück zu kehren, sich zu sammeln und zu verdichten. Säm hatte das Gefühl ganz woanders zu sein, nicht mehr auf diesem Baum, nicht mehr in dieser Stadt, nicht mehr auf dieser Erde und nicht mehr in seinem Leben...

Es war schon Stunden nach Mitternacht, als es plötzlich an allen Seiten des Baumes zu rascheln begann. Über, unter und neben ihm hörte Säm ein Wehen, Schwirren und Sausen, manchmal gefolgt von tapsigen Bewegungen in den Blättern und Zweigen, hier ein Flattern und Plustern, dort ein Hopsen und Knistern, ein Kraxeln und Krabbeln. Aus allen Erden- und Himmelsrichtungen kamen sie, von allen Kontinenten und aus aller Herren Länder. Sie hatten die unterschiedlichsten Routen genommen, hatten Wolken und Himmel gequert, Ozeane, Gebirgszüge, Länder und

Städte überflogen, hatten Stürmen und Gewittern getrotzt, um nun hier an diesem Ort zu dieser Zeit auf diesem Baum zu landen und um mit Säm diese Nacht zu durchwachen.

Anmerkung des Autors: Ganz sicherlich ist es so, dass es, jenseits dessen, was benannt werden kann, Erfahrungsräume gibt, die sich deshalb nicht beschreiben lassen, weil es keine Perspektive gibt, von der aus sie betrachtet werden können. Tritt man plötzlich aus der eingeübten Erfahrung heraus, dass wir von dieser uns gegenüberliegenden Welt gar nicht getrennt sind, dass es das „Gegenüberliegende", so wie wir glauben, also gar nicht gibt, verändert sich jede Perspektive, jede Bezogenheit, jede Relation. In dieser Art der Wirklichkeit herrschen unter Umständen völlig andere Gesetze und Wirkungsweisen, völlig andere Raum- und Zeitbezüge, völlig andere Gründe und Motivationen. Welchem unbekannten Ruf also diese Vögel gefolgt waren und was es bewirkte, dass sie, von wo auch immer sie losgeflogen waren, nun fast gleichzeitig eintrafen, ließe sich genauso wenig ermitteln wie der wahre Grund ihrer Mission, wenn es denn das eine oder das andere überhaupt gab. Waren sie Botschafter überirdischer Kräfte? Waren sie Beobachter, Unterstützer oder Hoffnungsträger? Gaben sie Säm Hinweise, dass auf einer anderen Realitätsebene sein scheinbar sinnloses Tun und seine damit verbundenen Erfahrungen eine Bedeutung hatten, gar eine Funktion und Wirkung im großen Weltgefüge? Und wer oder was hätte dies einschätzen und deuten können? So möge es für den einen, eine etwas vage, vielleicht sinnlose Metapher bleiben und für den anderen einen kurzen staunenden Blick auf eine Ebene der Realität eröffnen, wo

völlig andersartige Erfahrungsmöglichkeiten bestehen, geheim-
nisvoll und mystisch erscheinend – und selbst diese Deutung des
Geschehens übersieht, dass jeder erlebte menschliche Moment
genau eben diese Erfahrungsmöglichkeit bereithält, für den, der
sich traut die Perspektive und Aufmerksamkeit ganz und gar auf
das stete Vorhandensein des Mysteriums zu richten, das sich un-
unterbrochen in den elementaren Bewegungen unseres Mensch-
Seins zeigt: in jedem Atemzug, der in uns hinein- und aus uns he-
rausströmt und in jedem Herzschlag. Wer weiß, wenn wir dieser
Tatsache in unserem gesamten Sein mehr Raum geben würden
oder sie gar in den Mittelpunkt unserer Existenz stellten, was für
uns Menschen alles erfahrbar werden würde!

Schließlich kam der Morgen. Am Horizont brach ein erstes
Licht, zuerst mit einem Streif in Rosa und Orange, dann in zartem
Violett und Purpur. Die Wolken waren aufgerissen. Ihre Ränder
leuchteten in verschiedensten Rot-, Gelb- und Goldtönen, es waren die hellen Vorboten der noch hinterm Horizont versteckten
Sonne. Säm saß regungslos und schaute. Kein Wind, nur die mor-
genfrische Luft und etwas Tau, der Rinde und Blätter benetzte.
Dann stieg der leuchtende Ball über die Dächer der Stadt. Säm
schaute und es war ein Sehen wie zum ersten Mal. Ihm war, als
spüre er die Rotation der Erde, samt des ganzen Erdengewichts,
als spüre er die Geschwindigkeit in der sie in ihrer Bahn durch den
Raum raste und die Kräfte, die alles zusammenhielten. Langsam
begann sich mit dem Sonnenlicht auch die Wärme auszubreiten,

und ihm war, als gäbe es ein großes Aufatmen in der Welt. So begann der Tag.

Wie kleine orangene Käfer kamen sie vom Ende des Parks heran, bewegten sich, mehrere Bögen schlagend auf den Kieswegen, wurden größer und größer, verließen schließlich die Wege, querten die Wiese, zerdrückten und verbogen Rasenhalme und Gänseblümchen, hinterließen kleine Erdkuhlen und hielten schließlich direkt unter dem Baum, in dem Säm die Nacht über gewacht hatte. Die zwei kleinen orangenen Lastkraftwagen, deren Ladeflächen mit allerlei Gerätschaften bepackt waren, standen wie fremdartige Tiere unterhalb des Geästs.

Dann stiegen Männer aus, hantierten routiniert herum, spannten Seile und Bänder und Kabel, stellten Schilder auf und verteilten Werkzeuge. Einige Zurufe waren zu vernehmen. Von allen Seiten wurden Baum und Areal begutachtet. Ein Tuscheln war zu hören, ein Mann stellte eine Leiter an den Stamm des Baumes, ein anderer werkelte an einer großen Motorsäge herum und startete sie. Das heulende Motorengeräusch legte sich über den ganzen Park. Erste Äste und Zweige wurden abgesägt, während ein dritter Mann angestrengt von allen Seiten nochmals den Baum begutachtete. Plötzlich wurde die Motorsäge wieder abgestellt. Jemand schrie: „Da oben sitzt jemand!" Die Aufregung war groß. Vergebens wurde versucht mit dem fremden Mann, der im Baum saß, ins Gespräch zu kommen. Dann wurden Telefonate geführt. Es dauerte knapp 30 Minuten bis ein Einsatzwagen der Polizei eintraf. Doch auch die Polizisten konnten selbst mittels aller möglichen kommunikativen Versuche, angefangen bei höflichen Gesprächsangeboten und endend bei wüsten Androhungen bei dem seltsamen Mann im Baum nichts ausrichten.

Es dauerte weitere 30 Minuten, bis ein Kranfahrzeug mit entsprechend ausgebildeten Feuerwehrmännern sowie ein Notarztwagen eintrafen. Sowohl ein jugendlicher Jogger als auch eine ältere Dame mit Hund hatten sich schon frühzeitig zu den Bauarbeitern gesellt. „Was?", rief die ältere Dame entsetzt, „der schöne Baum soll weg?", während der Jogger, dem schweigenden Mann, der völlig bewegungslos in der Baumkrone saß, seine Unterstützung signalisierte und zurief: „Halten Sie durch! Ich hole Verstärkung!" Es dauerte weitere 30 Minuten, bis einige Journalisten und Fotografen sowie weitere Polizeiautos eintrafen. Derweil hatte sich um den Baum herum eine Traube von heftig diskutierenden Menschen gebildet. Zwischendurch skandierten einige: „Der alte Baum muss stehen bleiben!" Schon sprach die Polizei von einer inoffiziellen Demonstration und es war klar, dass der Baum – eine jahrhundertalte Erle im Übrigen, wie die ältere Dame mit Hund zu erklären wusste, der in früheren Zeiten auf den Gräbern von Druiden gepflanzt wurde, – „ein heiliger Ort, also!" – selbst, wenn er stehen bliebe, seine natürliche Form nicht behalten würde. Unter lauten Buh-Rufen und Pfiffen der stetig zunehmenden Demonstranten schnitten zwei Bauarbeiter, die auf einem Hebekran standen und in die entsprechende Höhe transportiert wurden, sich durch das Geäst und den Weg frei zu Säm, der sich zu guter Letzt wie auf einem Freisitz befand.

Als er ins Blickfeld geriet, gab es frenetischen Applaus von den mittlerweile circa 40 Umherstehenden. Säm hatte seine Arme um den Stamm geschlungen, an dem auch sein zur Seite geneigter Kopf lehnte, und sah aus, als befände er sich in einem stillen Zwiegespräch mit dem Baum. Über ein Megaphon wurde er nochmals aufgefordert freiwillig herunterzukommen. Doch Säm blieb bewegungslos und still. Es waren insgesamt vier kräftige Feuerwehrmänner – zwei, die auf den Baum geklettert waren und zwei, die auf der ausfahrbaren Plattform in die Höhe katapultiert worden waren – die nun begannen mit Kraft und Gewalt an Säm zu zerren, um ihn herunterzuholen. Doch Säm schien geradezu an dem Baumstamm festzukleben, beinahe so, als seien noch ganz andere Kräfte am Werk. Mehrere Minuten mühten sich die Beamten vergebens. Dann änderten sie die Strategie, und jeder ergriff je einen Arm und ein Bein von Säm. Laute Pfiffe und Buhrufe untermalten das Geschehen, eine Filmkamera lief und auch der Fotograf wechselte ständig die Perspektive, um ein geeignetes Foto schießen zu können. Dann kam der Augenblick, als die rohen Kräfte der Beamten obsiegten, und Säm schließlich vom Baum losgerissen wurde.

Alle, die an diesem Tag, zu dieser Stunde, in diesem Park an diesem Baum diesem Moment beiwohnten, würden ihn wohl, jeder auf seine Weise, nicht mehr vergessen, denn es geschah etwas, dass allen unweigerlich die Gänsehaut über den Rücken laufen und in jedem das unbestimmte Gefühl entstehen ließ, bei etwas Zeuge zu sein, das auf unerklärliche Weise bedeutend schien, ohne dass es je eine Deutung erfahren würde. Als Säm den Kontakt zu dem Baum verlor, begann er zu schreien, auf eine Art zu schreien, die nicht nur die ihn festhaltenden Beamten in Mark und Bein fuhr, sondern alle Beteiligten kurz im Inneren erschauern ließ. Säms Schrei drückte einen wohl in jedem Menschen zutiefst angelegten Ur-Schrecken oder gar Schock aus, der vielleicht zur Geburt des Menschen einmal erlebt, sich vielleicht bei dramatischen Lebensereignissen oder in Alpträumen zeigt, möglicherweise aber auch ein Leben lang verdrängt, erst zur eigenen Todesstunde wieder zutage tritt. Säms Schrei berührte für kurze Schrecksekunden jeden auf seine Weise mit dem, was er wissend oder unwissentlich in seinem Leben am meisten fürchtete. Fast gleichzeitig geschah etwas, dass jedem traumhaft schien und die ganze Szenerie in eine unwirkliche, ja mystische Atmosphäre rückte. All die Vögel, die mit Säm die Nacht durchwacht hatten, waren kurz vor Sonnenaufgang in die Geäste der umstehenden Bäume und Sträucher geflogen – niemand der Anwesenden hatte es bis jetzt wahrgenommen – und hatten scheinbar genau auf diesen Moment gewartet. In einer großen Bewegung flogen sie nun sternförmig aus ihren Verstecken und stimmten übergangslos in wilden aufgeregten Schreien und Rufen unterschiedlichster Tonarten, krähend, krächzend, gurgelnd, als ginge es geradezu um ihr eigenes Überleben, in Säms Schrei mit ein. Dabei flogen sie zielsicher, ganz so, als würden sie einer unsichtbaren Choreographie folgen, Linien bildend neben und hintereinander her über die Mitte des Baumes, und formierten sich zu einem spiralförmigen Wirbel, der sich stets von Neuem zu erschaffen schien. Dieses stets kreisende, fantastisch anmutende Gebilde aus Vögeln unterschiedlichster Art warf einen seltsamen bewegten Schatten über die gesamte Szenerie und gleichzeitig, ganz so, als sei Geisterhaftes im Gange, umwehte eine Windböe den Platz und ließ allen Anwesenden die Nackenhaare zu Berge stehen. Doch so schnell, wie die Vögel aus ihren vermeintlichen Verstecken gekommen waren, entfernten sie sich auch wieder – in einer beinahe inszeniert anmutenden Bewegung flogen sie senkrecht in die Höhe, trafen sich in einem Kreis, um dann in alle Himmelsrichtungen auseinander zu stieben. Fast alle Anwesenden standen regungslos mit offenen Mündern und Augen da. Die vier Beamten hätten Säm beinahe fallen lassen, ob des Schreckens, doch in eiserner Disziplin wohl trainiert, brachten sie ihn schließlich, der noch immer schrie und zappelte, an Armen und Beinen festhaltend, zum Notarztwagen. Der perplexe Sanitäter schaute verwirrt von den schreienden Vögeln, auf den schreienden Säm. Schließlich schnallte und fixierte er ihn auf einer bereitstehenden Liege und injizierte ihm ein kräftiges Beruhigungsmittel.

Bei fast allen Anwesenden herrschte eine tiefe Irritation vor, so dass niemand weder nach Erklärungen für dieses Spektakel suchte noch sonst das Wort ergriff, um auf irgendeine Weise darüber zu sprechen. Schließlich sank es peu à peu dorthin, wo es auch hinzugehören schien, in die verschwommene Welt halluzinatorisch-traumhafter Erlebnisse. Kurz herrschte vollkommene Stille und Bewegungslosigkeit, selbst der Wind hatte seine Tätigkeit eingestellt, bis dann, als sei rein gar nichts geschehen, sich alle in ihren Gesprächen und Handlungen wieder dem Selbstverständlichen und Faktischen zuwandten oder dem, was sie dafür hielten. „Unverschämtheit!" – „Der arme Mann!" – „Sauerei!" – „Der Baum muss stehen bleiben!" Selbst kleine Handgemenge zwischen Beamten und einigen inoffiziellen Demonstranten bahnten sich an. Einem der anwesenden Journalisten kamen zugleich Überschrift und die ersten Zeilen für seinen Bericht in den Sinn, nachdem er von den Polizisten erfahren hatte, dass der scheinbare

Baumschützer wohl erst mal in eine psychiatrische Notfallklinik eingeliefert werden würde. Man gehe da mal lieber auf Nummer sicher – irgendetwas stimme mit dem nicht! „Umweltschützer in Psychiatrie eingeliefert", stand denn auch in der Abendausgabe der stadtbekannten Zeitung – sogar auf der ersten Seite. Daneben prangte ein Foto, frontal von Säm, bäuchlings knapp über dem Boden hängend, von fremden kräftigen Händen an Armen und Beinen gepackt.

KAPITEL VIER

„Selbst wenn unsere Worte genau und unsere Gedanken richtig sind, entsprechen sie doch nicht der Wahrheit."
Shinjinmei, Meister Sosan

Karl A. Lyps, in der Stadt schon seit Jahren als Aushilfsbriefträger tätig, hatte an diesem Tag eine Extratour eingelegt, um die Briefkästen seines Zustellbezirks zu leeren und war dann recht zügig, mit Blick auf die bizarren Wolkengebilde, die sich in den Himmel türmten und in Bälde wahrscheinlich als heftiger Regen niederstürzen würden, zurück zu seinem Arbeitsplatz geeilt. Und oft, wenn er sich in den Katakomben des Postamtes unbeobachtet fühlte, dann schaute er schnell und geübt die Briefe noch mal durch, bevor er sie in die moderne Sortiermaschine füllte. Im Laufe seiner Arbeit als Postbote hatte er sich diese Marotte, man könnte auch Hobby sagen, vermutlich aufgrund der Eintönigkeit seiner Tätigkeit angeeignet. Er hatte nämlich festgestellt, dass manche Briefe von einer Aura umgeben waren und dass sie seine Fantasie anregten.

Dann sah er vor seinem inneren Auge manchmal Bilder, fremde Gesichter, Wohnungen, Lebenssituationen und es zeigten sich sogar kleine Geschichten. Oder er meinte Gemütsverfassungen aufzuspüren, die, so glaubte er, entweder an dem Brief hafteten und dem Absender zuzuordnen waren oder aber womöglich Auskunft über den Inhalt des Briefes Auskunft gaben und den Zustand, in den der Empfänger nach Erhalt des Briefes geraten würde. Verifizieren konnte er all das natürlich nicht, auch wenn er es manchmal versucht hatte und der ein oder anderen Spur tatsächlich gefolgt war. Zu einem eindeutigen Ergebnis war er diesbezüglich jedoch nicht gekommen, lediglich zu dem Schluss, dass Phänomene dieser Art nie wirklich ganz eindeutig waren. Diese Marotte jedenfalls war fast so etwas wie zu einer kleinen Sucht geworden und wann immer er konnte, suchte er nach diesen Briefen mit der besonderen Aura und tat dann etwas, das eigentlich eines der größten Tabus seines ehrenhaften Berufsstandes war: Er nahm sie für einige Tage mit nach Hause und untersuchte sie. Als er an diesem Tag in dem großen Postsack kramte, machte er einen besonderen Fang. Er hatte Säms Brief zuerst mit den Händen ertastet, ein unförmiges prall gefülltes DIN A4-Kuvert, bevor er es langsam aus dem Postsack zog.

Schon auf den ersten Blick zeigte sich, dass dieser Brief einer der sonderbarsten war, die er je in den Händen gehalten hatte: er war ohne Absender, unfrankiert, und dort wo die Adresse des Empfängers stehen sollte, stand nur ein Name. Die mehrfachen chaotischen Wölbungen des Kuverts deuteten darauf hin, dass es mit zum Teil zerknitterten, unsymmetrisch und achtlos gefalteten Briefbögen gefüllt war. Das konnte auf Eile, Ungeschicktheit, Gedankenverlorenheit oder auch auf den eingeschränkten Gebrauch der Hände zurückzuführen sein. Vielleicht war dieser Brief ja auch nur ein Kinderscherz, dachte Karl A. Lyps kurz und verwarf den Gedanken zugleich wieder, denn er fühlte etwas anderes, eine bedeutungsvolle Schwere, die von dem Brief ausging. Auch die Schrift war auffällig und prätentiös und fiel ihm sofort ins Auge. Auf der Vorderseite sah er vier geschwungene ausladende Buchstaben, deren erste drei in einem Schwung geschrieben waren, leicht nach rechts geneigt. Am Anfang das große A – eine Rundung wie ein umgekehrter Spazierstock oder eine Welle, die aus dem Nichts plötzlich sichtbar wurde, dann eine weit nach oben führende, fast senkrecht steigenden Linie (als wolle jemand den Himmel erobern, dachte Lyps), oben angekommen, die abrupte Umkehr und eine mit gleicher Kraft steil nach unten führende Linie (als wolle jemand mit aller Kraft in einen Abgrund stürzen, dachte Lyps). Anschließend die zwei „n", wie kleine sich kräuselnde Wellen, die nach hinten ausliefen (als hätte sich jemand wie bei einem Manöver des letzten Augenblicks gerade noch in aller letzte Minute besonnen und sich für den Mittelweg entschieden, dachte Lyps). Zum Schluss, das klein geschriebene „a", ein walnussförmiges zurückgelassenes Bötchen, das alleine und traurig an einem Ufer wartete, (vielleicht deutete es auf die Einsamkeit oder Unverbundenheit des Schreibers mit dem Rest der Welt hin, dachte Lyps).

Leise sprach Karl A. Lyps das Wort vor sich her, wobei er besondere Betonung auf das Konsonantenpaar in der Mitte legte. Man konnte es im hinteren Gaumen fast wie einen Knacklaut betonen. Und sofort wurden aus dem Namen Urlaute, hungrige, gierige Rufe, die man vielleicht schon vor Jahrtausenden in unseren Urwäldern gehört hatte. Karl A. Lyps hatte sogar mal einige

Semester Linguistik studiert. Als Gasthörer hatte er immer etwas verlegen in den hintersten Reihen des Hörsaals gesessen. Sprache und Schreibweise, Namen und Aussprachen, wenn das Formlose Klang wird und Bedeutung annimmt, dies war ihm schon immer wie ein kleines Wunder vorgekommen und hatte ihn auf ganz unwissenschaftliche Weise fasziniert. Er liebte es mit Namen und Klängen zu spielen, und manchmal hatte er den Eindruck, als könne man so der Sprache ganz neue Bedeutungen abgewinnen, als stecke in jedem Wort, in dem Klang jeden Wortes eine Welt für sich und als verweise es auf einen neuen, anderen Sinn. Wie das gesprochene zum geschriebenen Wort wurde und wie in Klang Bedeutung eingefangen werden konnte – Lyps sah darin eine Art Zauber, es musste etwas mit Gott zu tun haben, anders war es nicht zu erklären. „Anna", Stand auf der Vorderseite des großen Kuverts – sonst nichts!

Nahm diese Anna etwa eine so große Rolle in dem Leben des Absenders ein, dass er glaubte, man wüsste auch außerhalb seiner Welt, wer diese Anna ist? Dann deutete dies auf einen krankhaften psychischen Zustand hin. In jedem Fall war es eine augenfällige Verrücktheit einen Brief an einen existierenden oder nicht existierenden Menschen namens „Anna" in den Briefkasten zu werfen. Es war eine weitere Verrücktheit zu glauben, dass dieser Brief irgendwo anders landen würde als in einem Papierkorb oder beim Altpapier. Mit einem routinierten Griff steckte Lyps den Brief unter seine Jacke und machte nun rasch weiter mit dem Einfüllen der anderen Briefe in die Sortierkästen. Draußen hatte sich der Himmel zugezogen und verdunkelt. Jetzt donnerte es. Die Wolkentürme stürzten polternd ein, es folgte ein schwerer Platzregen, prasselnde Tropfen, die nicht nur auf den Betonplatten der Fußwege klatschten, sondern auch auf Treppengeländer, Plastikdächer, Dachziegeln, Aluminiumverschläge, Kunststoffbehälter, Mülleimer, Autos … Phonetik und Sprache des Regens, Klangbilder einer sonst stummen Welt mit stummen Materialien. Lyps lauschte durch das angewinkelte Fenster im halbdunklen Souterrain dem prasselnden Platzregen. Er liebte es, wenn der Regen so stark wurde, dass sich alle Menschen irgendwo unterstellten und warteten, bis es vorüber war. Dieses Warten hatte einen besonderen Zauber, als ob trotz aller Schutzvorrichtungen die Welt tatsächlich für einen Moment still stehen konnte und jeder, egal woher er auch kam und wohin er auch ging, in seiner Bewegung innehielt und in einer fast andächtigen Stimmung verweilte. In diesen Augenblicken zeigte sich etwas Wahres, so fand Karl A. Lyps. Er freute sich schon auf den Nachhauseweg durch die vom Regen erfrischte Welt.

Beschwingt und heiter kam Karl A. Lyps zuhause an. In aller Muse bereitete er sich ein für seine Verhältnisse opulentes Mahl, öffnete dazu eine gute Flasche Rotwein, deckte mit Kerzenlicht und weißen Servietten den Tisch, während er die leichte Musik einer besinnlichen Klaviersonate laufen ließ, die eine geradezu festliche Stimmung entstehen ließ. Er aß mit großem Genuss und ließ seinen Gaumen von dem kräftigen Rotwein umspülen. Schließlich räumte er den Tisch ab, spülte, strich letzte Krümel vom Tischtuch. Mit Vorfreude und leichter Aufregung wand er sich nun dem Hauptereignis dieses Abends zu: seinem ominösen Fund.

Er zog den Brief aus seiner Aktentasche, legte ihn vor sich, drehte ihn einige Male um und begutachtete ihn von allen Seiten. Welches Lebensschicksal würde sich wohl in ihm offenbaren? Er schloss die Augen. Vielleicht würde sich ihm ja etwas zeigen, irgendwelche inneren Bilder, Visionen oder andere Eindrücke. Es dauerte eine kurze Weile und dann sah er tatsächlich etwas, zwar schemen- und bruchstückhaft, aber unverkennbar: er sah eine adrette Frau, die in Herrenbegleitung an einer Bar stand, sah einen lachenden Mund, rot geschminkte Lippen, flirtende blitzende Augen und dann, wie diese Frau umgarnt wurde von männlichen Blicken, Gesten, Einladungen und Anspielungen. Eine schöne Frau, sagte er leise zu sich selbst. War sie die Empfängerin des Briefes? War diese Anna also eine reale Person?

Dann holte Karl A. Lyps seinen antiken, silbernen Brieföffner, der die Form eines kleinen Schwertes hatte und den er mal auf einem Flohmarkt erstanden hatte, aus dem Fach seines Sekretärs. Mit glatter Hand strich er über die Wölbungen des Kuverts, stieß mit der Spitze des kleinen Schwertes in dessen oberen zugeklebten Rand und schnitt die Kante des Kuverts auf. Mit einem Handgriff zog er die kreuz und quer liegenden Papiere heraus.

Er schätzte, es waren etwas mehr als ein Dutzend Seiten. Er legte die Papiere auf den Tisch und schaute sie sich an. Er sah handbeschriebene Seiten, wobei die Schrift krakelig und wild war – ja vielleicht sogar unlesbar – als habe da jemand in Windeseile etwas aufs Papier geworfen. Zuerst galt es sich eine Übersicht zu verschaffen und wenn möglich die Seiten zu ordnen. So nahm er die Blätter eines nach dem anderen in die Hand, strich und faltete jedes Eselsohr und jeden Knick glatt, und legte sie nebeneinander vor sich auf den Tisch. Als er damit fertig war, bestaunte er sie zufrieden wie ein modernes Kunstwerk. Manche der Seiten, so zeigte sich nun, waren bis über den Rand hinaus vollgekritzelt, andere nur bis zur Hälfte beschrieben, einige endeten offensichtlich sogar mitten im Satz. Über die Lesbarkeit des Briefes, so schien es ihm, hatte sich der Schreiberling nicht sonderlich viele Gedanken gemacht. Unschlüssig, welche Seite er zuerst lesen sollte, schaute er sie noch mal systematisch durch. Vielleicht gab es ja Anhaltspunkte über eine etwaige Chronologie der Entstehung, die eine bestimmte Reihenfolge wahrscheinlich und sinnvoll machten. Eine Nummerierung gab es jedenfalls nicht.

Mit Hilfe einer Lupe entdeckte er, dass der Schreiberling unterschiedliche Schreibgeräte verwendet hatte, zwar immer blaue Kugelschreiber, aber sie hatten in Nuancen verschiedene Blautöne und unter dem Vergrößerungsglas waren verschiedene Konturen der Linienführung zu erkennen. Dies jedenfalls war schon mal ein Indiz für etwaige zusammenhängende Seiten. Ein weiteres war die Handschrift oder besser die Handschriften. Denn beinahe sah es so aus, als wären hier verschiedene Personen am Werk gewesen. Erst die eingehende Begutachtung einzelner Buchstaben ergab, dass es sich höchstwahrscheinlich bei allen Seiten um den gleichen Autor handelte. Doch der musste in sehr unterschiedlichen inneren Zuständen gewesen sein, anders ließ sich diese Verschiedenartigkeit nicht erklären. Und einige dieser Zustände mussten sehr speziell gewesen sein, das konnte man klar sagen, auch ohne jedes graphologische Wissen. Obwohl es schon weit über Mitternacht war, war Karl A. Lyps noch hellwach. Diese detektivische Kleinarbeit machte ihm Spaß und mit dem Ergebnis war er zufrieden, immerhin hatte sich nun eine einigermaßen sinnvolle Anordnung der Blätter ergeben.

Karl A. Lyps nahm nun das Blatt vom Tisch, das am wenigsten beschrieben war, setze sich unter seine Leselampe und las:

Ich sehe es jetzt klar und deutlich vor mir: Spiegelungen, Zerrbilder, Schattenfantasien, Irrtümer, Illusionen... wir haben uns verlaufen, ich habe mich verlaufen... es ist Zeit, dass etwas Neues beginnt... nein es ist anders... es beginnt ja... jetzt... immer jetzt ...

...und hier und jetzt werden sie neu geboren, gebären sich selbst neu: all die Worte, die wir so achtlos benutzen und nicht mehr meinen, deren Kraft wir nicht mehr spüren, deren Geist wir nicht mehr atmen, deren Sinn wir nicht mehr sehen...

Hier endete der erste Textabschnitt. Etwas verstörte und verspannte Karl A.Lyps beim Lesen dieser Zeilen. Als könne er eine dunkle Wolke fühlen, etwas Unheilvolles. Wovon sprach der Briefeschreiber? War er in eine Art andere Welt geraten? Die Zeilen erschienen ihm fiebrig, übersteigert, wahnhaft. Auf der Rückseite ging es weiter:

Anna, hörst du mich? Du hörst mich, Anna, ich weiß es! Etwas Neues beginnt. Jetzt! Ich spüre es. Es ist wunde.....

Hier war das Wort verschwommen, ein Tropfen Flüssigkeit schien die Ursache dafür zu sein und Karl A. Lyps war davon überzeugt, dass es eine oder mehrere Tränen gewesen sein mussten. Was rührte ihn so? Was empfand er? Was sah er? Dann las er weiter:

Geist wird neu geboren, Sinn wird neu geboren, und Worte, neue Worte... Die, die am Anfang waren, ganz am Anfang von allem, sie finden sich wieder am Ende von allem... jetzt!!!

Die drei Ausrufezeichen waren mit Nachdruck ins Papier geschrieben, ja fast geritzt und Karl A. Lyps hatte die Assoziation von drei Schwertern, die in den Erdboden gerammt waren. Was sah der Verfasser des Briefes, was erlebte er? Was Karl A. Lyps las, wühlte ihn auf. Die ganze Aufgeregtheit, in der sich der Verfasser dieser Zeilen befunden hatte, schien sich auf ihn zu übertragen. Damit hatte er nicht gerechnet. Und, nein, es war ihm auch gar nicht recht aus seinem wohligen Gefühl gerissen zu werden, in dem er sich den ganzen Abend befunden hatte.

Er legte die Papiere zur Seite. „Das ist ja Teufelszeug!", hörte er sich sagen, selbst erstaunt über seine Wortwahl und seine Gedanken. Er fühlte ein tiefes Unbehagen. Diese Zeilen zogen ihn auf ein Terrain, das er ein Leben lang gemieden hatte. Etwas rebellierte in ihm. Es gab sogar eine Stimme in ihm, die schon bereute, den Brief überhaupt mit nach Hause genommen zu haben. Eine Bedrückung macht sich in ihm breit und zugleich schien von diesen Zeilen ein merkwürdiger Sog auszugehen, als zöge ihn da etwas heraus aus ihm, weg von sich selbst. Er hatte das Gefühl in etwas Ungutes hineingeraten zu sein, etwas, womit er nichts zu tun haben wollte. Aber was war es? Der Verfasser schrieb über Dinge, über die niemand etwas wissen konnte und doch schrieb er so als wüsste er davon. Das war irritierend. Es gab im Leben nun mal

Themen und Fragen auf die niemand Antworten geben konnte, so sah es Karl A. Lyps. All dies hatte er, so gut es ging, aus seinem Leben ausgeklammert und war damit recht gut gefahren! Man konnte nicht alles verstehen. Niemand wusste, was nach dem Tod geschah, niemand, wie all das begonnen hatte. Man musste sich damit abfinden! Andernfalls rissen einen diese Fragen nur unnötig aus der Selbstverständlichkeit des eigenen Lebens heraus. Ja, es war vielleicht so, dass all diese Sicherheiten, um die man ein Leben lang kämpfte und bemüht war, umgeben waren von einer bedrückenden Wolke der Ungewissheit. Aber wenn man sich darauf zu sehr einließ, konnte sie einem den Boden unter den Füßen weg reißen. Und das nutzte niemandem. Vielleicht war es ja das, was der Briefschreiber erlebt hatte? Was um Himmels Willen sollte das heißen: Geist wird neu geboren, Sinn wird neu geboren? Von wem und wie sollte so etwas aussehen?

...und Worte, neue Worte... Die, die am Anfang waren, ganz am Anfang von allem, sie finden sich wieder am Ende von allem... jetzt!!! Der Briefschreiber musste in einen Wahn geraten sein, anders war es nicht zu erklären. Worte am Anfang, ja, so stand es in der Bibel, das wusste jedes Kind. „Am Anfang war das Wort." Und Karl A. Lyps hatte, ehrlich gesagt, nie wirklich verstanden, wie das gehen sollte. Wenn am Anfang das Wort war, musste da nicht vorher schon jemand gewesen sein, der das Wort gebildet und erschaffen hatte? Und welches Wort war es? Welches von den vielen möglichen? Das machte alles keinen richtigen Sinn. Ein Wort, das aus sich selbst heraus entsteht? Einfach so aus dem Nichts auftaucht? Das Entstehen von Worten setzte jemand voraus, der etwas ausdrücken wollte, etwas fassen wollte. Es setzte die Fähigkeit voraus zu sprechen oder doch zumindest zu denken. Und ein Wort machte nur Sinn, wenn etwas mitgeteilt werden wollte, also wenn es ein Gegenüber gab. Und überhaupt war es zweifelhaft, ob es so etwas wie einen Anfang überhaupt jemals gegeben hatte? All das war nicht schlüssig und zugleich ernüchternd. Man wusste nichts! Es blieb ein Geheimnis und es war für den menschlichen Geist nicht wirklich zu verstehen – soviel war sicher! Aber warum schrieb der Verfasser des Briefes darüber? Glaubte er etwas zu verstehen, was anderen verwehrt blieb? Hatte man nicht schon oft genug gehört, wie sich wahnhaft Kranke in eine Art Endzeithysterie verstiegen, um sich selbst dann in die Rolle einen großartigen Endzeitpropheten zu katapultieren? Ja es war offensichtlich: Der Briefschreiber war einfach durchgedreht, übergeschnappt, hatte sich verloren in Einbildungen und Phantasmagorien. Und Karl A. Lyps musste einsehen, dass das Schönste an diesem Brief die Vorfreude gewesen war, die er gehabt hatte, als er ihn gefunden und nach Hause gebracht, schließlich geöffnet und peu à peu die Seiten geordnet hatte. Es war ein Fehlgriff gewesen. Sein Vorgefühl hatte ihn dieses Mal getäuscht. Oder steckte noch etwas anderes dahinter? War es eine Art Winkelzug des Schicksals? Es war schon fast Morgen und Karl A. Lyps lag wach, fand einfach keinen Schlaf, etwas bohrte in ihm, etwas ließ ihn nicht zur Ruhe kommen, fast fühlte er sich krank, als hätte er sich mit etwas infiziert.

KAPITEL FÜNF

„Ich besah mir alle Werke, die unter der Sonne geschehen, und sieh da, alles ist Wahn und ein Jagen nach Wind."
Altes Testament, Pred 1:14

Was also ist das Bewusstsein des Lebens? Die immense Anstrengung sich – ohne zurückzugreifen auf einen klammernden Gedanken, der die Welt zu ordnen, zu messen sucht – mit allen Kräften und Sinnen zu konzentrieren: auf das Leben, auf die Tatsache, dass es jeden Augenblick vorhanden ist: das Unaussprechbare, das Wunder, das Unvorstellbare.

Buddha lächelte. Seine hellblauen Augen glänzten und obwohl es so aussah, als ob er in die Leere blickte, während er auf einem Lehnsessel bewegungslos vor dem großen Terrassenfenster des Aufenthaltsraumes saß, wo sich eine parkähnliche Anlage mit Beeten, Hecken, Rasen und alleinstehenden alten Bäumen zeigte, drückte sein Blick geradezu das Gegenteil von Leere aus: ein strahlendes Erfüllt-Sein. Auf was seine Augen gerichtet waren, ob auf den Park oder den Himmel, an dem von der Abendsonne in rötliches Licht gefasste Wolken in unterschiedlichsten Formationen vorbeizogen – und was er schlussendlich wirklich sah – konnte man nur erahnen. Dieser alte glatzköpfige Mann, auf dessen Schädel sich bizarr geformte Altersflecken befanden, die auf seltsame

Weise an exotische Blumen erinnerten, hatte eine ganz besondere Aura. Die anderen, so schien es, scharrten sich um ihn, suchten seine Nähe und auch Säm wusste nicht, was seinen Blick immer wieder auf ihn zog. Eine Sphäre des Friedens umgab ihn und vielleicht war es ja das, wonach sich jede menschliche Seele bewusst oder unbewusst sehnte. Van Gogh betrat von einer anderen Tür den Aufenthaltsraum und schlagartig änderte sich die gesamte Atmosphäre. „Wahnsinn! Wahnsinn! Ein Albtraum!", schrie er. Seine Haare hingen ihm wirr ins Gesicht, gleichzeitig presste er seine Handinnenflächen mit großer Anstrengung an seine Schläfen, als wolle er das, was hinter der knöchernen Schädelwand zu toben schien, bändigen und in Zaum halten, dabei quollen seine Adern an Hals und Kopf fast beängstigend unter der Haut hervor. Säm schaute ihn erschrocken und zugleich fasziniert an. Noch nie hatte er in Gesicht, Augen und Gesten eines Menschen, das, was man landläufig „Wahnsinn" nennt, so deutlich wiedergespiegelt gesehen. Fast erinnerte es ihn an eine perfekte schauspielerische Leistung. Dann überwältigten Van Gogh seine Gefühle, er sackte in sich zusammen, als habe ihn ein unsichtbarer Schlag in der Mitte seines Körpers getroffen, Tränen übermannten ihn, er lag heulend und wimmernd am Boden, hielt sich den Bauch.

Jesus, ganz in weiß gekleidet, eilte zugleich zu ihm, um ihn zu trösten und dabei war es fast so, als ob er schwebte und er kaum den Boden mit den Füßen berührte. Jesus schien fast durchsichtig, ätherisch, mit seiner Umgebung verschwimmend. Er setzte sich neben ihn, strich Van Goghs Rücken und murmelte dabei sanft trostspendende Worte, die niemand verstand. Abseits von den anderen wandte sich Hitler unruhig in der Ecke, etwas schien ihn zu treiben, er war nervös und zappelig und schließlich konnte er sich nicht mehr zurückhalten und schrie mit krächzender Stimme: „Ihr Heulsusen, ihr Waschlappen, man muss sich dem Kampf des Lebens stellen!" Seine Bewegungen wirkten asynchron, unkoordiniert, abgehackt, seine Augen waren seltsam verdreht und aus dem Mund schien er zu geifern. Nietzsche, der hinter seinen dicken Brillengläsern mürrisch die ganze Szene beobachtet hatte, schien sichtlich genervt: „Dem Leben stellen – ja! - aber wie sollte ein Wurm wie du sich dem Leben stellen?" schrie er ihm entgegen. Das hatte gesessen. Und obwohl sich diese Kreatur Hitler ängstlich und Schutz suchend in der Ecke wand, krächzte er zurück: „Wurm? Ja, Wurm – dass ich nicht lache! Ihr seid die Würmer, Weichtiere, Kriechtiere, Schleimspuren, Schleimbeutel..." und dann lachte er hysterisch, verzerrt und schrill.

Nietzsche schien das irgendwie zu blöd, schaute grimmig dorthin, wo sein Widersacher von unsichtbaren Kräften an die Wand gedrückt wurde und rief in den Raum: „Man sollte ihm ein für allemal die Zunge rausschneiden und ihm zum Fraß geben!" Dann sprang er unversehens vom Stuhl auf und rannte in Hitlers Richtung. Es war klar, dass er ihm nur Angst einjagen wollte. Und das mit Erfolg, denn Hitler schrie nun laut um Hilfe. Ein weiß bekleideter Pfleger, der dieses Spielchen anscheinend schon kannte, eilte herbei. „Lass ihn doch in Ruhe!", sagte er zu Nietzsche, der siegesgewiß lächelnd wieder zu seinem Platz zurückkehrte. Der Pfleger schaute Hitler streng an, reichte ihm einen halb gefüllten Plastikbecher, den dieser vor seinen Augen austrinken musste. „Verlegt ihn endlich!", rief Nietzsche zum Pfleger, „der ist hier falsch!" Marx saß in der Leseecke und studierte, von allem völlig unbeeindruckt verschiedene Zeitschriften, hatte einen Stift in der Hand, unterstrich manches, murmelte manchmal Unverständliches in seinen langen grauen Bart hinein, wobei er hin und wieder seinen Kopf schüttelte oder auch auflachte. Einstein indes stand grübelnd an einer Schiefertafel, hatte ein Stückchen Kreide in der Hand und kritzelte hastig nicht lesbare Hieroglyphen und Zahlen darauf, nur um sie mit seinem Hemdsärmel hastig wegzuwischen und den nächsten Gedankenblitz aufzumalen.

Säm stand neben der Eingangstür und schaute staunend und ungläubig in den Aufenthaltsraum. Wo war er hingeraten? War dies vielleicht eine Art apokalyptischer Weltkongress? Hatten sich hier noch mal die hehrsten und hervorragendsten Geister der gesamten Menschheitsgeschichte zusammen gefunden? Und unter ihnen auch einige ihrer größten Übeltäter? Die einzigartigste Versammlung, die man sich hätte denken können? Propheten, Religionsstifter, Philosophen, Wissenschaftler und Künstler durch Jahrhunderte und Jahrtausende hinweg, wiedergekehrt, durch die Zeit gereist, eine letzte Bastion des Geistes, eine letzte Phalanx edelster Gemüter, die letzten ehrwürdigen Ritter des Lichts und Bewahrer glorreichster Menschheitsideale, die Letzten, die einem noch Hoffnung geben konnten in dieser verrückt gewordenen Welt. Und daneben – völlig deplaziert erscheinend – wohl auch einige der übelsten Menschheitsverbrecher, vielleicht als Mahnung, in welch niederste und schattigste Regionen sich eine menschliche Seele versteigen konnte. Ja, war eine solche Zusammenkunft nicht auch nötig!? War es nicht endgültig Zeit diesen nicht enden wollenden, so ermüdenden Kampf zwischen Gut und Böse ein für

alle Mal zu beenden? War es nicht Zeit endlich über all das hinaus-
zuwachsen, so dass die Menschheit in diesem großen kosmischen
Spiel endlich ihre wahre Bestimmung erkannte? War es nicht Zeit,
all die Missverständnisse und Irrtümer, die die Menschen über
Jahrtausende und Jahrtausende geißelten, endgültig aus dem
Weg zu räumen und ihn neu zu bahnen? Wo, wenn nicht hier,
wem, wenn nicht diesem erlauchten Kreis könnte dies gelingen?

Säm bewegte sich wie in Zeitlupe, fühlte sich benommen, blei-
ern, wie unter einer Glasglocke und die Koordination selbst ein-
fachster Bewegungen fiel ihm schwer. Seine Arm- und Beingelen-
ke schmerzten, die Haut war aufgeschürft. Vage erinnerte er sich
an die Fesseln, mit denen er während der Fahrt vom Park hierher
an Armen und Beinen festgebunden war und an denen er mit
Leibeskräften gezerrt hatte. Vor allem aber waren es all die unge-
wöhnlichen, wundersamen Erlebnisse in seiner Wohnung und in
der Nacht auf dem Baum, die in ihm nachhallten wie ein inneres
Beben, wie ein Orkan, der über ihn hereingebrochen war. Etwas
Gewaltiges war geschehen, hatte ihn zutiefst erschüttert und he-
rausgerissen aus allen ihm bekannten inneren Zusammenhängen.

Es war Essenszeit. Und so groß Säms Hunger war, er hatte
kaum Appetit. Am Tisch herrschte eine gedämpfte Stimmung, gerade so, als würde ein Ritual abgehalten – und ja! – hatten wir es
nicht einfach nur vergessen, dass in jeder Handlung etwas Heiliges
steckte? Buddha saß schweigend am Kopfende des Tisches. Seine Ruhe und seine bedächtigen harmonischen Bewegungen, bei
allem was er tat, schien sich auf die ganze Gruppe zu übertragen

– fast auf die ganze Gruppe, denn Hitler (ein Störfaktor in jeder Beziehung) schien mit allem zu kämpfen, was ihn umgab, mit Löffel und Gabel – denn Messer gab es keine – und mit jedem Happen, den er zu sich nahm. Er sprach mit sich selbst, grummelte vor sich hin und manchmal vernahm Säm, der den einzig freien Platz neben ihm hatte einnehmen müssen, Worte wie „Saufraß" und „Scheißdreck". Seine Nähe war kaum zu ertragen und Säm rückte den Stuhl zur Seite und neigte seinen Körper so weit es ging von ihm weg. Sonst schien jeder vertieft in sein Essen und auch Van Gogh, der noch ein ganz verweintes Gesicht hatte, war still geworden und schaute traurig auf seinen Teller von dem er melancholisch immer wieder etwas aufpickte und schwermütig zum Mund führte.

Es dauerte einige Tage, bis Säm wieder einigermaßen zu Sinnen und zu Kräften kam. Den größten Teil der Zeit verbrachte er schlafend im Bett und stand nur zu den Essenszeiten auf. Erst langsam wurde ihm gewahr, wo er wirklich war. Alles schien durcheinander gewirbelt worden, selbst die Zeit als etwas, das eine rhythmische und zugleich lineare, für den menschlichen Verstand nachvollziehbare Folge von Ereignissen war. In ihm fühlte es sich vielmehr so an, als wäre alles, was er erlebt hatte, nicht nacheinander, sondern in einem einzigen monströsen Augenblick geschehen. Immer wieder unternahm er den Versuch die Geschehnisse der letzten Wochen sinnvoll einzuordnen, doch es gelang ihm nicht. Es schien fast so, als würden seine Gedanken streiken und sich dem mit ganzer Kraft widersetzen. Und obwohl erst knapp drei Wochen seit dem letzten Gespräch mit Anna vergangen waren, ihm kam es viel, viel länger vor. Und doch war sie noch immer da. Er fühlte es ganz deutlich. Dass es umgekehrt genauso war, das ahnte er nicht und er hätte wohl auch nicht gewagt davon zu träumen.

Anna, hörst du mich?

Welche Ablenkungen Anna in ihrem Leben ohne Säm auch immer gewählt hatte, und sie ahnte nur ganz vage, dass ihr bunter Zeitvertreib – in ihrem Falle waren es vor allem Männerbekanntschaften – tatsächlich eine versteckte Absicht der Ablenkung in sich trug, in ihrem Inneren war Säm weiterhin präsent. Anfangs dachte sie, es sei eine üble Unart und Laune ihres Erinnerungsvermögens, eine Unkonzentriertheit ihrer Sinne oder garstige Eigenwilligkeit ihrer Gedanken. Mit hartnäckiger Beständigkeit, ohne dass es vorhersehbar war, tauchte Sam immer wieder auf, wie Phönix aus der Asche. Wenn sie es bemerkte, wurde sie ärgerlich über sich selbst und schimpfte sich insgeheim aus dafür, fast so, wie man ein unartiges Kind ausschimpft, dass einfach nicht die Finger von etwas lassen kann. Sie hatte endgültig und definitiv Schluss gemacht mit Säm, da gab es keinen Zweifel.

Säm war eine Unmöglichkeit an und für sich, so hatte sie es beschlossen und außerdem gab es in ihrem Leben noch sehr viel mehr zu entdecken als einen hoffnungslosen Fall wie ihn. Die Entscheidung war gefallen. Schon längst. Sogar schon vor ihrem letzten Gespräch. Um so ärgerlicher war es, dass sich etwas in ihr nicht daran halten wollte. Doch war sie gewillt dieses lästige Phänomen auszumerzen.

*Anna, hörst du mich? Hier, in der Stille? Und ja... eine lange Zeit
der Stille wird es wohl brauchen und einen ganz besonderen Ort,
wo alles zur Ruhe kommen kann. Tief, ganz tief zu diesem Ort der
Schöpfung müssten wir wohl gelangen, um dann neue Verbindungen zu schaffen, querfeldein, wie ein Bewässerungssystem,
beständige Kanäle des Verstehens – ja, vielleicht wird es der Worte dann gar nicht mehr bedürfen...*

Doch da war so etwas wie ein Hintergrundbild und Hintergrundrauschen in ihrem inneren Erleben, eine Erscheinung oder
Projektion, die sich an die Innenwände ihrer Seele geheftet hatte
und die – so oft sie auch von allen möglichen anderen Eindrü-
cken, Menschen, Erlebnissen überblendet wurde – einfach nicht
verschwand. Und noch schlimmer: Es tauchte auf und machte
sich zu den aller unmöglichsten und unpassendsten Momenten
bemerkbar. Selbst beim Sex mit ihrem neuen Liebhaber, und das
erschrak sie, hatte sie plötzlich Säm vor Augen. Anna hatte nicht
lange gewartet und aus der langen Reihe ihrer Verehrer schnell
zugegriffen und einen ausgewählt, der in allem, was sie so einschätzen konnte, auf den ersten Blick das vollkommene Gegenteil von Säm war. Jemand, der mit beiden Füßen auf dem Boden
stand, solide, alles andere als kopflastig und vor allem: schweig-
sam. Es gab so vieles, was gegen ein Leben mit Säm sprach, dass
es sich nicht lohnte, auch nur einen einzigen Gedanken daran
zu verschwenden. Dennoch: Einmal erwischte sie sich sogar dabei, wie sie sich insgeheim selbst aufzählte, was alles gegen ein
Zusammensein mit ihm sprach: seine Verwirrtheit, seine Nervosi-

tät, sein nicht vorhandener Realitätssinn, seine Ablehnung gegenüber der ganzen Welt und sein Leben zu leben, seine Untalentiertheit gegenüber den praktischen Dingen des Alltags, seine schweren Gedanken, die er hinter sich her zog, sein nicht enden wollender Redefluss, seine Unordnung, seine Desorientiertheit, seine Ungeduld, sein Desinteresse gegenüber Kultur und Theater, sein nicht vorhandener Geschmack bezüglich Einrichtungsgegenständen und Kleidung... Wenn es noch schlüssigere Argumente gegen ein Leben mit Säm bedurft hätte, diese Liste, die sie noch problemlos hätte weiterführen können, hätte jeden Zweifel beseitigen müssen. Die Tatsache, dass sich ihre Gedanken, oder ein Teil davon, überhaupt noch mit Säm beschäftigten, machte sie zwischendurch beinahe verrückt. Das Thema war durch! Erledigt! Passé! Es war vorbei! Warum bloß hörte es nicht auf?

...an diesem Ort, Anna, in dieser tiefen Stille und ich vermute, sie müsste währen Jahrhunderte, vielleicht Jahrtausende, da könnte es dann vielleicht gelingen: dass wir Menschen und alle Wesen ihre Wunden heilen, ihren Schmerz und ihre Trauer überwinden, ihre Tränen trocknen... stelle dir nur vor, all das, was sich die Menschen in all der Zeit gegenseitig angetan haben, hätte seinen Raum zu heilen und sich auszusöhnen...

Doch da war auch noch etwas Anderes! Anna ahnte es in den wenigen stillen Momenten, die es auch in ihrem Leben gab, z.B. nachts, kurz vor dem Einschlafen, wenn sie einmal alleine in ihrem Bett lag und sich der Mond wie eine sanfte Mahnung vor ihr Fenster schob. Wenn sie dann, wie sie es als Kind oft insgeheim getan hatte, den Mond ansprach als verlässlichsten Weggefährten durch ein Leben voller Widersprüche und Ungewissheiten, voller Abschiede und Unverständlichkeiten. Er, von dem sie wusste, auch wenn er stets, aber dafür vorhersehbar, sein Gesicht änderte, sogar einmal im Monat ganz verschwand oder verdeckt wurde von Wolkendecken, er, der Mond er blieb doch immer und würde das ganze Leben bleiben. Was, wenn auch all das blieb und bleiben würde, was sich mit ihm verband, all die Gedanken, Wünsche und Sehnsüchte, die an ihn in stillen Nächten gerichtet wurden? Ob sie ihn je erreichten? All die Bitten und Verse, die ihn ansprachen und ansangen und von denen man nicht wusste, ob sie je erhört, je wirklich verstanden wurden? Wenn nach einem ganzen gelebten Leben einfach nur wieder der Mond in seinem gelben Licht erschien, als scheinbar unvergänglicher Gruß, sich vor das Fenster schob, einst Symbol einer Verheißung und schließlich nur noch Sinnbild der Erinnerung und des Ungewissen. In diesen Momenten liefen heiße Tränen aus ihren Augen und flossen ganz ohne Eile über ihre Wangen, und Anna verspürte nicht den geringsten Impuls sie wegzuwischen oder zu trocknen. So schlief sie manchmal ein.

Denn das wird bleiben in all unseren Seelen, die ja nur eine Seele ist, in der wir uns befinden, es wird bleiben das Streben zum Einen, das Verstehen das Liebe ist, das und die Sehnsucht danach, ist wie eine nie verhallende Stimme, ein Ruf über den Rand aller Klippen, aller Horizonte, ein nicht endender Ruf, der alle Zeit überstehen wird... Und erst von dort aus und erst so kann das Neue beginnen...

Ja natürlich war in ihrem Beisammensein mit Säm immer auch noch etwas Anderes gewesen. Und es war offensichtlich in der Lage, ihren nicht zu unterschätzenden Willen Entscheidungen zu treffen und umzusetzen, die geballte Kraft ihrer Entschlossenheit, die zu allem bereit war, zu ignorieren. Dabei war es von einer derartigen Unbedarftheit, dass es im eigentlichen nicht wirklich etwas war gegen das man ankämpfen konnte, ganz so, wie der Blick eines unbedarften Menschen, einen vollkommen entwaffnen kann und gar Schmerz bereiten für die eigene Absicht ihn je bekämpft haben zu wollen. Es höhlte all ihre Mühen und Anstrengungen aus, als kämpfe man gegen die Gezeiten des Ozeans, das Fließen der Flüsse oder die Sterne, die am Nachthimmel vorüberzogen, etwas jedenfalls, gegen das mit dem reinem Willen, so stark er auch immer war, nichts zu bewerkstelligen war. So harmlos es auch schien, wenn es sich zeigte, so weit entfernt, wenn man danach griff, so war es doch eine eigene, scheinbar sich selbst genügende, sich selbst gewisse Kraft und darin eigenmächtig und ganz und gar eigenwillig. Eine Kraft, die um nichts rang und einen dabei wehrlos machte und auch einem infam und hinterlistig erscheinen musste, obwohl sie von derartigen Doppelbödigkeiten soweit entfernt war wie man es sich nur denken konnte. Verständlich, dass diese Kraft, jedem, der sich ihr entgegenstellte oder sie abwehrte ohne Aussicht darauf ihr zu entkommen oder ihr tiefgründiges unnachgiebiges Wirken nachzuvollziehen, Furcht einflößte. Dabei schien sie sich meist vollkommen im Hintergrund aller Geschehnisse aufzuhalten, so dass man gut und gerne meinen konnte, es gäbe sie gar nicht und habe sie nie gegeben, sie sei einfach nur ein Hirn- und Seelengespinst, ein Versprechen, eine Einbildung, eine geisterhafte Erscheinung. Anna ahnte, dass sich etwas Unmögliches in ihr ereignete, etwas, worauf sie einfach keine Antwort fand, so sehr sie auch suchte.

...bin ich nicht wie du, Anna, wie wir alle, Gefangener meiner selbst und Gefangener aller möglichen, benennbaren und unbenennbaren Zustände und Umstände? Haben wir uns dessen je erinnert? Im Tiefsten? Haben wir der größten aller Sehnsüchte je Raum gegeben und sind wir uns dort je begegnet, als das, was wir nun mal sind? So wie wir sind? Ohne Einschränkungen und ohne auf uns selbst hereinzufallen? Ich weiß, diesen Schmerz teilen wir alle und tun doch alles Erdenkliche, um ihm zu entkommen, hinter all den Maskeraden, die wir uns selbst und einander vorführen und auf die wir wieder und wieder hereinfallen. Schon deshalb werde ich diesen Weg zu Ende gehen!

Ein besonderer Einschnitt in ihrer Auseinandersetzung mit Säm war, als sie eines Morgens mit Schrecken ein Bild auf der ersten Seite der städtischen Tageszeitung erblickte, auf dem Säm abgebildet war. Knapp drei Wochen waren vergangen seit ihrem Gespräch mit Säm. Nach einer durchgemachten Nacht war sie mit Freunden auf dem Weg von einem Club zu einem Taxistand und wie sie es meist tat, ließ sie beim Laufen durch die Stadt ihren Blick entlangstreifen an den Silhouetten der Wohnhäuser, Geschäftsläden und vor allem der Schaufenster. Schließlich gab es immer die Möglichkeit, dass etwas ihr Interesse wecken konnte und dann konnte sie selbst die zielgerichtete Bewegung eines ganzen Trosses von Leuten verzögern oder vollkommen zum Erliegen bringen, nur um einen von ihr ausgeguckten scheinbar besonders reizvollen Gegenstand zu inspizieren und zu begutachten. An diesem frühen Morgen führte ihr Weg auch an einem Zeitungsladen vorbei, vor dem mehrere Titelseiten unterschiedlicher Tageszeitungen ausgelegt waren. Normalerweise interessierte sich Anna nicht für die tagesaktuelle Welt, mehr dann doch für jene Hochglanz-Zeitschriften, die immer wieder die stets gleichen spektakulären Geschichten von stets anderen spektakulären Stars absonderten, die nicht nur irgendwie völlig austauschbar erschienen, sondern meist auch ganz schnell und unspektakulär in Vergessenheit gerieten. Auf Anna hatten diese Geschichten immer eine sehr beruhigende Wirkung als seien es Märchen, die man als Kind erzählt bekommt und dafür mochte sie sie.

Vielleicht nur für die Dauer eines Augenaufschlags streifte ihr Blick an diesem Morgen ein Foto auf der Titelseite einer städtischen Lokalzeitung, auf dem ein Mann abgebildet war, bäuchlings über dem Erdboden schwebend, der von vier anderen Männern an Armen und Beinen festgehalten und getragen wurde. Die Schlagzeile dazu hatte sie nicht realisiert. Aufgrund der Übernächtigung dachte sie erst, dass wieder dieses ihr mittlerweile wohlbekannte, unberechenbare „Säm-Phänomen" einen Streich spielte, doch dann wurde ihr gewahr, in einer kurzen Schrecksekunde, dass Säm dieses Mal nicht vor ihrem geistigen, sondern ihrem realen Auge erschienen war. Sie blieb so abrupt stehen, dass die hinter ihr Laufenden des kleinen Trosses, keine Chance mehr hatten auszuweichen und sie anstießen. „Was ist denn jetzt schon wieder los?", hörte man jemanden rufen. Sie drehte sich um, lief zu dem Schaufenster, wo die Titelseite der Tageszeitung hing und schaute, noch immer bereit alles nur für einen Spuk ihrer Einbildung zu halten, auf das Foto, das Säm in ungewohnter Position zeigte. Dann las sie ungläubig die Schlagzeile, die neben dem Foto stand: „Umweltschützer in Psychiatrie eingeliefert." Etwas in ihr suchte nach Anhaltspunkten, dass all das wirklich war und vielleicht nicht doch ein Traum, in dem sie sich befand, wo absurd Erscheinendes ja immer ganz wahl- und mühelos miteinander verknüpft wird. Sie versuchte die Informationen, die sie las, in irgendeinen sinnvollen und möglichen Zusammenhang mit Säm zu bringen. Doch schon, dass er ein „Umweltschützer" sein sollte, einer, der sich an Bohrtürme kettete oder auf Bäume setzte, war absolut unwahrscheinlich, dazu wäre er viel zu faul gewesen. Nein, das war völlig unmöglich! Dass er hingegen in eine Psychiatrie eingeliefert worden war, erschien ihr plausibel.

Wenn sie nur daran dachte, mit welchem Kram er sich immer beschäftigt hatte und wie sie ihn zuletzt erlebt hatte! Doch war das alles wirklich? Angestrengt schaute sie auf das Foto, bereit, alles für einen Spuk ihrer Sinne zu halten. Doch je länger sie es unter Augenschein nahm, desto mehr erkannte sie ihn: die Kleidungsstücke, die er trug, seine alte abgewetzte Lederjacke, seine Frisur, die nicht wirklich eine war im Sinne des Wortes, sein Gesicht, wenn auch verzerrt und den Mund weit aufgerissen, es war unverkennbar seine Stirn, seine Nase, sein Kinn...

Aber ganz sicher war er nicht unter die Umweltaktivisten gegangen! So gut kannte sie ihn dann doch. Auch wenn er für alle möglichen Überraschungen gut war, aber auf einen Baum klettern und dort stundenlang verharren, um ihn vor der Abholzung zu retten, das war nicht Säm. Eher hätte er wohl stundenlang über den wahnwitzigen Umgang des Menschen mit der Natur schwadroniert. Wenn er auf den Baum geklettert war, dann wegen etwas anderem. Er war wahrscheinlich einfach durchgedreht, das war alles! „Kennst du den etwa?", hörte sie einen ihrer Begleiter fragen. Ihr überraschter, hoch konzentrierter Blick und die Anspannung ihrer Körperhaltung ließen offensichtlich keinen anderen Schluss zu. Ob sie Säm kannte, war keine leicht zu beantwortende Frage. „Ich glaube, ja!", antwortete sie dann doch, ohne in die Richtung zu schauen, von wo die Frage kam.

...was anderes schon habe ich zu verlieren als Illusionen von Selbstbildern, Identitäten, Selbstblendungen. Was auch immer es ist, was mich da anstürmt, welche Bilder auch immer, vielleicht sind es ja die tief eingefurchten Reliefs in unser aller Seelen, die Serigraphie einer jahrtausendalten Menschheitsseele, in immer neuem Gewand, nun in unzählige Teile zersplittert, für sich selbst verloren, vor sich selbst verborgen... doch wo ich auch hinschaue, die immer gleichen Gemälde, Gesten, Metaphern, kunstfertig erstellt, auf dunkle Gewölbemauern aufgetragen, beredt, bedeutungsvoll, bedeutungslos... verblassende, bröckelnde Mythen und Propheterien, sich selbst überantwortet...

Auch wenn es in ihr an den folgenden Tagen heftig rumorte, letztlich war ja doch nur das geschehen, was sie immer schon geahnt und vermutet hatte, dass er irgendwann seinen Verstand verlieren würde. Dass er so ganz nebenbei zu einer Art lokalen Berühmtheit und Gegenstand einer etwas abwegigen öffentlichen Diskussion wurde, dass passte wiederum sehr gut in die ganze Absurdität von Säms Existenz. Mehrere Journalisten und einige Umweltverbände kritisierten die Stigmatisierung von Umweltschützern und hielten es für einen Skandal, dass man „den Baumschützer vom Park" in eine Psychatrie gesteckt habe. Soweit sei es schon gekommen! Die ehrlich gemeinten Beteuerungen der Beamten und selbst die fachkundigen Ausführungen eines Psychologen, der Säm untersucht hatte und der ausdrücklich die Intimsphäre des „Baumschützers" wahren wollte, wurden nicht gelten gelassen. Schöner Nebeneffekt dieser ganzen Konfusion war, dass der alte Baum vom Park nun doch, trotz der Deformation, die er erfahren hatte, nicht gefällt wurde und so eine Art Mahnmal wurde – für was allerdings, das würde sich erst noch herausstellen müssen. Und schließlich dauerte es nur wenige Tage bis sich die öffentliche Diskussion verselbstständigt hatte und der Auslöser für diese ganze Aufregung erst in den Hintergrund und dann in Vergessenheit geriet. Das hätte Anna sich auch gewünscht. Es rumorte in ihr, sie haderte mit sich, überlegte hin und her und kam schließlich zu dem Schluss, dass ihre Entscheidung nicht Rettungsring zu sein für irgendjemands Seele – auch nicht für Säms! – die richtige Entscheidung gewesen war. Hätte sie nicht selbst eines solchen Rettungsringes bedurft? Nein, man konnte niemand anderen retten und es war mehr als fraglich, ob man sich selbst retten konnte!

...seht ihr es nicht auch? ...immer und überall die gleichen Zeichen, die gleichen Rhythmen und Melodien, geboren aus dem gleichen Äther... die gleichen Stimmen, die singen und beten, die gleiche Inbrunst... der gleiche Ruf, der die Menschen schon zu

*allen Zeiten rund um das Große Feuer versammelte... mit dem es
beginnt und mit dem es endet... göttliches Feuer, in dessen Licht
wir unsere Schatten aufeinander werfen, in dessen Flammen wir
vielleicht sogar brennen, bis wir befreit sind – irgendwann – von
uns selbst. –*
*Ja und worum sonst geht es denn, als ein kleines züngelndes Licht
zu schützen vor allen Winden dieser Welt und es weiter zu tragen,
quer durch die Kontinente unserer Weltbilder, verbindend im Licht
und im Licht-Bringen, eine Sehnsucht, die durch die Jahrtausende
geistert, entzündet und bewahrt in unseren Herzen. Jetzt überstehen, jetzt ein Licht sein, jetzt die Kraft haben, jetzt verwandeln!*

Anna glaubte daran, dass einem die Welt immer wieder Zeichen sandte, die einem manchmal ganz versteckt, manchmal
ganz offensichtlich die Richtung im Leben wiesen, wenn man nur
mit offenen Augen durch dieselbe ging. Knapp zwei Wochen später kam ein weiteres Ereignis hinzu, das schließlich alles, was Anna
sich in Bezug auf Säm vorgenommen hatte – nämlich ihn für alle
Zeiten aus ihrem Leben zu verbannen – über den Haufen schmiss.
Sie war gerade unterwegs zu einem Date, einem Mann, den sie
neu kennengelernt hatte und der eindringlich und zum wieder-
holten Male mit Einfallsreichtum und großer Ausdauer auf ein
Treffen mit ihr bestanden hatte, dabei irgendeine Überraschung in
Aussicht stellend, die auf ihre naturgegebene Neugierde abzielte
– ein Trick, den sie natürlich durchschaute. Doch sie mochte diese
Spiele und hatte dem Wunsch schließlich nachgegeben.

Wie immer, war sie schon etwas spät dran und eilenden Schrittes lief sie die Treppen des U-Bahnhofs hinunter, als ihr neben

dem Eingang im Vorbeilaufen ein Papier in die Augen fiel. Das Sonderbare daran war, dass sie auf diesem Papier ihren eigenen Namen las und noch sonderbarer war, dass sie sich, obwohl sie dieses Papier mit ihrem Namen nur für den Bruchteil einer Sekunde in ihren Augenwinkeln wahrgenommen hatte, ganz direkt und unmittelbar angesprochen fühlte. Der gesamte Schwung ihrer Bewegung stoppte und sie drehte sich auf ihren hohen Absätzen um. Das Papier lag windgeschützt am Eingang des U-Bahnhofs. „Anna" stand dort in einer großen fetten Schrift auf einem Deckblatt unter dem, von zwei großen bunten Büroklammern zusammengehalten, mehrere Zettel lagen. Und über ihrem Namen stand, etwas kleiner geschrieben, „Brief an". Warum nur war ihr von Anfang an klar, dass es wieder etwas mit Säm zu tun hatte? Vielleicht war es diese spezielle Mixtur von Empfindungen, die in ihr hochschossen und die in dieser verwirrenden Konstellation nur im Zusammenhang mit ihm auftraten? Was folgte war ein Wechselbad der Gefühle.

Ihr wurde heiß und kalt, ihr Kopf schwankte zwischen Blutleere und Überdruck, ihre Beine zwischen Einknicken und Davonrennen, ihr Herz zwischen Stillstand und Raserei. Dazu kam diese vollständige Ungläubigkeit gegenüber etwas, das ja wirklich und nachweislich vorhanden war, obwohl es völlig unmöglich erschien. Als würde dieses „Etwas" Schabernack mit ihr treiben, indem es Aspekte der Traumwelt und der realen Welt willkürlich miteinander verknüpfte und sie aus dem sogenannten normalen Erleben in eine Sphäre des Irrealen hinauskickte. Ein kindlicher Automatismus sprang in ihr an, und sie schickte ein kleines Stoßgebet 'gen Himmel, dass sich nicht bewahrheiten möge, was sie ahnte und dass sich am besten die ganze Situation in Luft auflösen möge oder doch wenigstens, dass dieser Brief da nicht wirklich für sie bestimmt war. Dann kam ihr eine Idee. Was, wenn sie sich einfach umdrehte, weiterlief, in die nächste U-Bahn einstieg und so tat, als hätte sie dieses Papier nie gesehen! War das nicht die Lösung? Was, wenn sie gar nicht hier wäre und nie hier vorbeigekommen wäre? Wer auch immer diesen obskuren „Brief an Anna" hier hingelegt hatte, er konnte nicht davon ausgehen, dass jemand sich jemals davon angesprochen fühlte, geschweige denn, dass diese Anna wirklich existierte und diesen Brief je finden würde.

„Einfach umdrehen und weglaufen!" Auch, wenn dieser Gedanke kurz ein kleines euphorisches Feuer in ihr entfachte, als sei es die Lösung all ihrer Probleme oder zumindest doch ein ungemein pfiffiger Trick, der die ganze Situation (vielleicht sogar ihr ganzes Leben?) retten könnte – aus irgendeinem Grund entfaltete er nicht die Überzeugungskraft, die notwendig gewesen wäre, ihn in die Tat umzusetzen. Tiefere Kräfte schienen dem entgegen zu wirken und es nutzte nichts zu fragen, welche das wohl waren. Ihr Herz schlug ihr bis zum Hals, als sie das Papier aufhob, das Deckblatt umschlug und las:

Unter eigenwilligen Umständen, die ich nicht näher erläutern werde, fiel mir dieser Brief in die Hände. Adressiert war er an eine „Anna". Ich weiß natürlich nicht, ob es diese Anna, – Sie also! – an die diese auf den ersten Blick verwirrenden und zugleich berührenden Zeilen gerichtet sind, überhaupt gibt oder ob sie nur eine Fantasiegestalt ist. Aber, wie auch immer, ich unternehme den Versuch. Ich kann nur vermuten, in welchem außergewöhnlichen inneren Zustand der Schreiber des Briefes war und als ich die ersten Zeilen las, haben sie mich zuerst verstört, am liebsten hätte ich gar nicht weitergelesen und überlegte sogar sie schnell wieder loszuwerden. Andererseits dachte ich dann: wann bekommt man schon mal einen Text in die Hand, der einen wirklich angeht. Wenn mich etwas auf diese Weise verstören kann, so habe ich gedacht, sollte ich vielleicht genau dort in mich hineinschauen! Denn wozu blinde Flecken der Seele ein Leben lang mit sich herumschleppen, wenn es ja vielleicht die Aussicht gibt an dieser Stelle sehend zu werden. Nun denn, das mag jeder Mensch mit sich selbst ausmachen. Also, liebe Frau Anna, falls es Sie da draußen wirklich gibt, so haben uns die unsichtbaren Geschicke des vermeintlichen Schicksals hier zusammengeführt. Dieser Brief ist jedenfalls an Sie gerichtet, zumindest stand Ihr Name auf dem Kuvert – und zwar nur Ihr Name! Ich habe mir erlaubt, so weit es mir möglich war, die Handschrift zu entziffern und den Text schließlich abzutippen, zu kopieren und an einige Plätze in dieser Stadt auszulegen. Vielleicht erreicht dieser Brief Sie ja nun doch

noch und vielleicht lenkt er Ihr Schicksal auf neue – und sogar auf
für Sie beglückende Weise. Alles Gute!

Die Möglichkeit, dass dieser Brief nichts mit ihr zu tun hatte, war nun auf einen minimalen Hoffungsschimmer zusammen geschrumpft. Alles roch, schmeckte und deutete auf Säm hin. Spätestens, als sie vom „außergewöhnlichen inneren Zustand des Schreibers" gelesen hatte, war ihr Säms Gesicht vor Augen erschienen und es deckte sich mit dem, was sie eine Woche zuvor in der Zeitung gesehen hatte. Anna blätterte die Seiten durch, Computerausdrucke, ordentlich formatiert, mit Absätzen und Auslassungen... und dann begann sie zu lesen. Alles um sie herum, der U-Bahnhof, die vorüberlaufenden Menschen, die Stadt, die gesamte sicht- und hörbare Welt wurde von einem seltsamen Wirbel erfasst und in ein schwarzes Loch gezogen. Raum, Zeit und Materie waren plötzlich bedeutungslos, alle physikalischen Gesetze aufgehoben. Etwas hatte die Welt verschluckt und nur noch sie war da, im Auge des Orkans, still und bewegungslos.

Sich im Tiefsten und wie verrückt nach Liebe sehnen und nicht bereit sein, einfach nicht fähig sein, sie zu empfangen. Ist es nicht so, Anna? Nicht mehr wissen, wie es geht, nicht mehr wissen, was es ist, es nicht mehr glauben können, es nicht mehr sehen können, es nicht mehr fühlen können und wenn, dem nicht mehr trauen können... Ein Leben lang haben wir die Wunden und Verletzungen unserer Seele verborgen, haben uns versteckt aus Angst vor neuem Schmerz, haben uns geschützt mit allem, was in unserer Macht steht... Und dann kommt die Liebe. Und alles, wirklich alles, was du glaubtest zu sein und zu wissen und zu kennen, wird hinfällig. So wird die Liebe zu unserer größten Gefahr. Sie bedroht unser Leben von Grund auf!

Schau genau hin, Anna, worum geht es wirklich? Was ist es, das die Seele wirklich ersehnt, was sie nährt, erfüllt, was sie strahlen und leuchten lässt?

Der nächste Schritt führt ins Ungewisse, ja, es ist, wie ein Sterben. Denn es ist vollkommen ungewiss, was uns erwartet und wir wissen einfach nicht, wem wir dann begegnen, wenn wir uns selbst und der Welt begegnen. Doch es ist der einzige Ort, den es lohnt zu erreichen! Lass uns dort treffen, Anna!

P.S. Ich habe mich geirrt, Anna. Die Liebe ist keine Illusion! Dafür aber alles andere.

Wenn es in Anna noch einen letzten Zweifel über die Autorenschaft dieser Zeilen gegeben hatte, dieser eine Satz wischte ihn hinweg.

KAPITEL SECHS

„No-Self is True-Self. And the greatest man is Nobody."
Chuang Tzu

Säm hatte keine Ahnung wie sein Leben weitergehen sollte und darüber nachzudenken, gelang ihm nicht, als ob sein Gehirn in einen Streik getreten wäre und sich partout weigerte, seine Gedanken in die Zukunft wandern zu lassen. „Draußen", in der so genannten normalen Welt, hätte er sich Arbeit suchen müssen, wo er doch schon mit dem Leben selbst, der reinen Tatsache des Existierens, alle Hände voll zu tun hatte! „Draußen" musste er sich erklären und rechtfertigen über das vermeintliche „Nicht-in-der-Welt-funktionieren", es galt als Eingeständnis von Versagen, Schwäche und Unfähigkeit. Hier „drinnen" aber bekam all dies eine ganz andere Perspektive und wurde zu einem Bezeugen des „Nicht-funktionierens-der-Welt". „Draußen" waren die Zustände, in denen er – und alle anderen hier – geraten waren, Krankheiten mit unterschiedlichsten Bezeichnungen, wurden erst ausgeklügelt diagnostiziert und dann mit zweifelhaften Methoden behandelt. Hier „drinnen" jedoch standen diese Zustände für eine notwendige Rebellion der menschlichen Seele, dafür, dass die natürlichen Instinkte und diese wunderbare Gabe menschlicher Empfindungsfähigkeit noch nicht vollkommen degeneriert war. Und wurde ihm „draußen" suggeriert, dass mit ihm etwas ganz Grundlegendes nicht stimmte, so stellte es sich hier „drinnen" ganz anders dar: dass „draußen" etwas ganz Grundlegendes nicht stimmte! Ja! - von hier „drinnen" aus betrachtet war „draußen" der Wahnsinn! Säm war zu der Überzeugung gelangt, dass hier „drinnen" der derzeit beste Platz war, den es für ihn auf der Welt geben konnte. Auch unter ganz praktischen Gesichtspunkten: er war versorgt, bekam täglich seine Mahlzeiten und hatte ein Dach über dem Kopf.

„Na dann erzählen Sie mal!", sagte Dr. Langenscheidt, der fast wie eine moderne Zweitausgabe von Sigmund Freud aussah, seinen grauen Bart kraulte und sich mit seinen Pupillen in Säms Augen bohrte. Dr. Langenscheidt war der leitende Psychologe der Station und hatte Säm, den „Baumschützer vom Park", zu einem Gespräch gebeten. In einem kahlen Büro an einem leer geräumten Schreibtisch saßen sie sich gegenüber. Und obwohl der Psychologe eine kraftvolle Direktheit ausstrahlte, die signalisierte, dass er ohne Umschweife zur Sache und falls möglich zum Kern der Angelegenheit kommen wollte, als wäre jede Förmlichkeit und Einleitung nur Zeitverschwendung, empfand Säm sein Gebaren nicht als unangenehm. Das lag vor allem an seiner Stimme. Denn im Gegensatz zu den lapidar erscheinenden Worten, drückte der Tonfall ernsthaftes Interesse aus und zugleich sogar etwas Herzliches. In Säm regte sich kurz sein früheres Alter Ego. Es war ein Hintergedanke, der vorschlug alles zu tun, um seinen Aufenthalt hier „drinnen" so lange als nur möglich in die Länge zu ziehen. Und die rhetorische Einladung „zu erzählen" schien bestens geeignet ganz und gar aus dem Vollen zu schöpfen! Was hätte Säm nicht alles erzählen können, wäre er dieser inneren Regung gefolgt! Ja und womit hätte er beginnen sollen? Bei der zufälligen Zeugung, der schwierigen Geburt, dem grundlegenden Mangel an Geborgenheit und Urvertrauen, dem sehr eingeschränkten Vorhandensein der so nährenden Mutterliebe? Oder der großen dampfenden Einsamkeit, die ihn schon in allerersten Kindheitstagen übermannt hatte? Der tief eingegrabenen Überzeugung in eine grundfalsche Welt geboren zu sein? Oder von all den tiefen, noch längst nicht vollständig entdeckten Ängsten und schwer drückenden Traurigkeiten? Oder sollte er diesen ganzen grundlegenden „Wahnsinn des Seins", den er seit seiner Jugend empfand (denn schließlich eiern wir hier durch Leben und Welt und Zeit, wissen im Grunde rein gar nichts! Bis wir dann wieder sterben. Ist das nicht der reine Wahnsinn!?) in den Mittelpunkt seiner Erzählungen stellen? Und er war sich sicher, dass er auf offene Ohren gestoßen wäre, zumal bei einem solchen Fachmann, für den derlei Lebensgeschichten und Gedanken nichts Außergewöhnliches sein konnten!

Er hätte ausschweifend Vermutungen äußern können, dass vieles in seinem Leben auf innere Blockaden zurückzuführen war, die in jüngsten Jahren entstanden waren, aufgrund fehlender Ermutigung seinen Spieltrieb und seine Lebenskraft zu erproben. Und ganz sicher hätten sich weitere Traumata, Schuldkomplexe, innere Störungen und Deformationen finden lassen, die seine ganze innere Not offengelegt und die fast zwingende Folgerichtigkeit aufgezeigt hätten, dass all seine Lebensbewegungen nur hier „drinnen" hatten enden können. Doch selbst, wenn die Fakten seines bisherigen Lebens alles in allem dem auch sehr nahe kamen, schwieg Säm. All das hatte seine Bedeutung verloren. All das Gewohnte und Gelernte, das für wahr Gehaltene und für wahr Geglaubte, all die inneren Bezugspunkte, die ein Leben lang, mehr unbewusst als bewusst, Richtschnur seiner Bewegungen gewesen waren, schienen sich aufgelöst zu haben. Übrig geblieben war das Gefühl sich in einem Weltzwischenraum zu befinden und in einer Art Staunen. Und das klare Gefühl, dass alles wirklich anders war und ist als er es je gedacht hatte (vielleicht war das ja der Schock und vielleicht befand er sich noch immer in diesem Schock, aber auch dazu konnte er nichts sagen). Es gab so etwas wie eine innere Gewissheit, dass er sich dem, was jeden Moment wirkte, nur überlassen konnte und dass das, was da wirkte, jenseits seiner herkömmlichen Fähigkeit des Verstehens einfach vorhanden war, wie eine große, alles durchdringende Kraft. Dem irgendetwas hinzufügen, war unmöglich, es in Worte zu fassen, auch. „Ich kann nichts sagen. Im Moment weiß ich nichts. Eigentlich nicht mal, wer ich bin", antwortete Säm schließlich nach einer längeren Pause.

Dr. Langenscheidt wirkte gelassen. Säms Antwort schien ihn in keinster Weise zu überraschen. Im Gegenteil, er lehnte sich in seinem Stuhl nach hinten und beobachtete ihn weiterhin eindringlich, während ein Lächeln seinen Mund zu umspielen schien, und Säm kam es so vor, als ob dieser Psychologe genau wusste, wovon er sprach. Aber vielleicht tat er auch nur so. Zugleich erlebte Säm eine Art akustisches Déjà-vu: Ihm war, als ob jedes Wort, das er ausgesprochen hatte, auf merkwürdige Weise im Raum nachhallte und er in diesem Nachhallen, noch einmal die Worte hörte, die er selbst gesagt hatte. „...Eigentlich nicht mal, wer ich bin." In einem Tonfall, der einerseits die Nüchternheit einer berufsbedingten Desillusionierung ausdrückte, die durch die langjährige psychiatrische Beschäftigung mit Menschen entstanden sein konnte, zum anderen aber auch eine strikte Weigerung, die vermeintliche Tatsache dieser elementaren Ungewissheit zu bedauern oder sich darüber zu sorgen, entgegnete Dr. Langenscheidt: „Naja, wer weiß schon wer er ist?" Er schien jemand zu sein, der ganz entspannt mit dem Geheimnis des Daseins umging. Dann, während er seine Beine ausstreckte, die Arme hinter dem Kopf verschränkte und seinen Blick aus dem Fenster schweifen ließ, wo zwischen den weißen Wolken ein Zipfel blauer Himmel sichtbar wurde, fügte er hinzu: „Die Frage ist ja nur, wie man damit klar kommt, oder?". Und sich selbst bei der kurzen abschweifenden Unkonzentriertheit ertappend, lenkte er seine volle Aufmerksamkeit und seinen Blick noch während des Sprechens wieder sofort auf Säm. Der sah nun seinerseits forschend in die Augen Dr. Langenscheidts und meinte in ihnen einen schelmischen Ausdruck wahrzunehmen, den er sich nicht erklären konnte.

Säm lenkte seinen Blick auf den leer geräumten Schreibtisch, wo, eingefasst von einem Lichtkegel aus Sonnenstrahlen, kleine Staubpartikel und Fussel auf der furnierten Platte sichtbar wurden. Und als Säm mit den Augen dem Licht folgte, sah er sie im ganzen Zimmer, scheinbar unzählige, kleinste, schwebende Partikel. Wieder eines von den vielen Dingen, die immer da waren, obwohl man sie so gut wie nie sah. „Keine Ahnung!", antwortete Säm. Und obwohl die Worte an sein Gegenüber gerichtet waren, war es so, als ob sie sich im Raum verflüchtigten, ohne den Empfänger zu erreichen. Sie lösten sich auf, irgendwo zwischen den im Sonnenlicht sichtbaren und unsichtbaren Staubpartikeln, die, von feinsten Luftfluktuationen bewegt, auf- und abtänzelten. Dr. Langenscheidts Konzentration war zwar ganz und gar auf Säm gerichtet, doch auf seine Antworten schien er nicht wirklich zu reagieren. Als würde dieses Gespräch nicht durch das Gesagte seine Bedeutung gewinnen, sondern vor allem durch die Pausen, die zwischen dem Gesagten entstanden.

So vergingen wieder lange Momente, bis Dr. Langenscheidt plötzlich das Thema wechselte: „Sagen Sie, was haben Sie da eigentlich auf dem Baum gemacht?" Eine Flut von Bildern schoss durch Säms Geist, sinnlos jedes Bemühen eines dieser Bilder herauszunehmen und es darstellen oder erzählen zu wollen. Was hatte er auf dem Baum gemacht? Nichts. Vielmehr war ihm etwas geschehen. Aber was es war, auch dafür hatte Säm nicht die passenden Worte. Fast jede Frage mündete in Sprachlosigkeit, doch das schien Dr. Langenscheidt nicht zu wundern. Der saß in aller Seelenruhe auf seinem Stuhl, ohne dass er ungeduldig wirkte und Säm schien, als ob immer wieder ein Lächeln über sein Gesicht huschte. Nach einer ganzen Weile fragte er weiter: „Alle glauben ja, dass Sie den Baum haben retten wollen. Aber sagen Sie, war es nicht vielleicht umgekehrt und der Baum hat Sie gerettet?" Ja, so könnte man es sagen, dachte Säm. Dr. Langenscheidt nickte. Und Säm verlor für einen Moment die Orientierung. Hatte er den Gedanken etwa doch laut ausgesprochen? Oder hatte der Psychologe ihn gelesen? Es schien unwichtig. Wieder vergingen lange stille Minuten, bevor Dr. Langenscheidt das Wort ergriff und der Tonfall deutete darauf hin, dass sie zum Ende des Gesprächs angelangt waren: „Nun, das einzige Problem, das ich sehe, ist, dass Sie in Ihrem tiefsten Inneren wahrscheinlich noch immer glauben, dass mit Ihnen irgendetwas nicht stimmt!" Dann stand der Psychologe langsam auf und signalisierte dem etwas hilflos dreinschauenden Säm, dass das Gespräch beendet war. Schon im Türrahmen stehend, drehte er sich nochmal zu Säm um. Schmunzelnd sagte er: „Ach ja, bevor ich es vergesse, Sie haben Besuch. Und falls wir uns nicht wiedersehen, wünsche ich Ihnen alles Gute!"

Als Säm auch aus der Tür trat, sah er sie. In Begleitung einer Schwester wurde sie durch die Station geleitet und er konnte beobachten, wie die Blicke seiner männlichen Mitinsassen an ihrem Körper entlangstreiften. Anna hatte ein buntes luftiges Sommerkleid an, ihre Hüften wiegten sich sanft bei jedem ihrer bedächtigen Schritte. Man konnte ihre gebräunten Beine sehen, wobei der Saum des Kleides ihre Knie weich umspielte. Um ihren Hals trug sie einen durchsichtigen Schal, unter dem ein großzügiges Dekolletee sichtbar war. Und so wie beim ersten Mal, als sie in seine Wohnung trat, sah er wieder diese betörende Mischung aus Unsicherheit und Keckheit, die sie ausstrahlte und die ihn zugleich wieder gefangen nahm. Als Anna Säm erblickte, lächelte sie, umarmte ihn und gab ihm einen Kuss, ganz so als hätten sie sich gestern erst das letzte Mal gesehen. „Komm, lass uns gehen!", sagte sie. Säm schaute sie verdutzt an. „Wohin?", fragte er. „Erst mal raus!", antwortete sie. Immer noch lächelnd streckte sie ihm ihre Hand entgegen. Keine Stunde später waren sie schon auf der Straße. Und es war wie immer, wenn er mit Anna unterwegs war: Alle Türen schienen offen zu stehen und der Weg gebahnt... mit ihr schien man widerstandslos durch die Welt und das Leben zu gleiten.

Hand in Hand gingen sie schweigend die Straßen entlang und gelangten schließlich in eine große belebte Fußgängerzone. Plötzlich durchfuhr es Säm, eine Kraft, wie ein elektrischer Strom erfasste ihn, zu mächtig um ihr nicht zu folgen, zu überwältigend, um ihr zu widerstehen. Kurz wand er sich Anna zu, bat sie, auf ihn zu warten, lief in Richtung eines Betonsockels, der wohl normalerweise als Sitzgelegenheit genutzt werden sollte und stellte sich auf ihn. Und dann, ja dann, begann er zu sprechen. Und sprach und sprach. Und sprach und sprach und sprach. Wo er all die Worte her nahm, war Anna ein Rätsel, aber das war ja schon immer so gewesen, sie kamen halt einfach so aus ihm heraus. Und wer ihn nicht kannte – und das tat niemand der eilfertigen Passanten – hätte wahrscheinlich gedacht, wenn er denn überhaupt etwas gedacht hätte über ihn, dass dort wieder einer dieser verrückten, verwirrten, selbst ernannten Prediger stünde. Noch jemand, der glaubte etwas verkünden zu müssen, in dieser Welt voll überquellender Heilsbotschaften. Doch eigentlich scherte sich niemand um ihn und nur wenige schenkten ihm überhaupt Aufmerksamkeit. Doch Säm blieb unbeirrt. Und sprach und sprach und sprach:

„Oh, Ihr Vorüberziehenden und Vorübereilenden, Ihr stur auf das Trottoir Stierenden, Ihr Hastenden, Ihr in Gedanken Verlorenen, und Ihr nur Verlorenen, Ihr euch stets Sorgenden, und Ihr Euch Sehnenden, Ihr Ahnenden und Ihr Ahnungslosen – welch Raserei! Welch irrsinniges Treiben, tagaus, tagein! Aber sagt mir bloß, was treibt uns voran? Was jagt uns durch die Zeit? Was ist es, dass uns kopflos rennen lässt? Dass wir am Ende gar uns selbst verlieren oder – ohne, dass wir uns je gefunden hätten – an uns selbst und unserem Leben vorbei hasten? Habt Ihr je darüber nachgesonnen, ob nicht vielmehr die Welt an euch vorüberzieht? Und dass Ihr am Ende euch selbst verpassen könntet? Sehenden Auges, eilenden Schrittes! Euer eigenes wahres Leben, Eure wahre Bestimmung, Eure tiefste Sehnsucht? Welche Angst sitzt Dir im Nacken, Bruder? Welche Not in Deinem Herzen, Schwester? Und meint Ihr etwa darin würden wir uns unterscheiden?

Oh, Ihr Vorüberziehenden, lasst uns das, was, uns im Bann hält, abschütteln, all die Enge, all die Angst, all die Kleinmütigkeiten, lasst uns teilen, mit vollen Händen und vertrauen, in das, was Herzstück unseres Seins ist! Lass uns teilen, alles! Nicht im Festhalten, sondern im Teilen werden wir reich, finden wir die Fülle – das ist die Wahrheit Freunde! Was bloß hat uns so kleinmütig gemacht? Oh, Ihr Ängstlichen und Misstrauenden, wird es nicht Zeit uns diese Schwäche einzugestehen? Seht bloß, da ist kein Weg!

Ja, es braucht Mut zur Freiheit, und es braucht mehr als das! Seid freimütig, seid freigiebig, seid freien Herzens, lasst nicht zu, dass die Angst Euch so eng werden lässt, dass selbst das Atmen schmerzt, dass selbst das Herz im Brustkorb kaum noch Raum zu haben meint. Seid weit, weit wie der Himmel, denn das ist die Wahrheit!

Seid ihr nicht auch Atmende, Staunende unter dieser Sonne, Teil dieses Wunders, das jeden Moment stattfindet? Und sag, sehnst Du Dich nicht auch? Ganz in der Tiefe Deines Herzens? Warum es verstecken? Warum es zurückhalten? Komm an mein

Herz, Bruder, Schwester, schenke mir das Teuerste, so wie ich Dir das Teuerste schenken will und – von hier aus lass' uns weitergehen! Neu und verwandelt, lasst uns neu schauen und sehen, einander, die Welt und das, was, wirklich von Bedeutung ist! Noch können wir nicht wissen welch Glück möglich ist in der Freiheit des Seins, in der Tiefe des Herzens. Doch eine neue Welt wartet auf uns! Ja, sie ist schon da! Öffnet die Augen und öffnet die Herzen und werdet sehend. „So einfach?", fragt Ihr misstrauisch und ungläubig. Ja, so einfach. Und einfach so!"

Epilog

„All you need is love"
John Lennon, The Beatles

Säm und Anna lagen still und lauschten und schauten in den großen Sternenraum. Hinter dem Funkeln und Blinken, hinter den Bildern und Zeichen, hinter den Botschaften und Wundern – da war das Namenlose. Und vielleicht gab es ja doch eine große Gewissheit hinter all dem scheinbar Ungewissen. Sie lauschten, in den Raum und in die Zeit, die in die Unendlichkeit reicht, Atem und Nacht, weit bis zum Horizont, unzählige Sterne, unzählige Leben und das Licht das gleißende, vertraute, längst vergessen scheinende... und in jedem Atemzug, in jedem Herzschlag zeigte es sich: das ganze Mysterium des Daseins.

Nachdem Säm mindestens zum siebenundzwanzigsten Male (er und Anna hatten mitgezählt) Stellung, Winkel und Richtung seines 'gen Nachthimmel gestreckten rechten Armes variiert und verändert hatte, hielt er ihn weiterhin in Wartestellung, leicht federnd und zugleich mit seinem linken Arm stützend, wobei sein Zeigefinger wie ein verlängertes sensibles Messgerät erschien, und er mit seinen Augen hellwach den Raum zwischen der Erde und den unbekannten Weiten des Universums abscannte.

„28!", flunkerte Anna.

„Wo?"

„Na, da!"

Sie zeigte nun selbst mit ihrer ausgestreckten Hand ins blinkende Sternenmeer, zum Rande der Milchstraße, jedenfalls in eine völlig andere Richtung, in die Säm die ganze Zeit geschaut hatte. Er hatte nichts gesehen.

„Kann man glauben oder nicht!", erwiderte er, wohl wissend, wie kurzlebig einerseits diese Art der Lichterscheinungen für das menschliche Auge waren und anderseits, wie gerne Anna, wenn sie Langeweile bekam, einfach etwas erfand. Anna grinste.

„Mir sind eh schon die Wünsche ausgegangen", sagte sie.

„Ach!", rief Säm erstaunt, das hätte ich jetzt aber nicht erwartet!"

Indes war ein Ende des Sternschnuppenregens noch nicht abzusehen. Es waren diese berüchtigten Sommernächte des Augusts, wo aufgrund jahrhundertelanger astronomischer Beobachtungen des Menschen die regelmäßige jährliche Wiederkehr eines Asteroiden, der in elliptischer Form durch das Sonnensystem raste, vorausgesagt werden konnte. Einige seiner Brocken fielen dabei regelmäßig ab und traten anschließend in die Erdatmosphäre, wo sie dann verheißungsvoll verglühten und in ihrem kurzen lichtvollen Vergehen das in Aussicht stellten, worauf die Menschen ihr Leben lang hofften: die Erfüllung ihrer Wünsche.

„Hast Du Dir denn auch was gewünscht?", fragte Anna nun.

„Mist!", sagte Säm, „vor lauter Zählen kommt man ja zu nix!"

Anna schmiegte sich in seine Arme und schaute ihn an. Mit seinen langen wirren Haaren und seinem Bart sah er unter dem Sternenlicht aus wie jene Art von Ritter, die mit großer Inbrunst nach dem

Unmöglichen strebten und es am Ende – wie durch ein Wunder – auch bekamen. Säms Blick blieb jedoch 'gen Nachthimmel gerichtet.

„Da oben spielt die Musik", sagte er lächelnd.

„ ...vielleicht ja, vielleicht nein ..."

„Einen krieg' ich noch", sagte Säm.

Ehrgeiz hatte ihn gepackt.

„Hmmmh...", sagte Anna, „vielleicht bist du ja einfach nur wunschlos glücklich!"

Offensichtlich war nun doch eine Pause im Sternschnuppenregen eingetreten und Säms Geduld war ausreichend auf die Probe gestellt worden. Gleichzeitig begann sein linker Arm etwas zu schmerzen. Er wendete sich Anna zu, schaute sie an und es war fast so, als ob kleine Sternschnuppen aus ihren Augen sprühten. Dann umschlang er sie zärtlich mit beiden Armen. „28!", rief er und küsste sie.